● まえがき

　この『回生晏語（かいせい・あんご)』には、2015 年 11 月 21 日から、2016 年 11 月 20 日までの、ブログ及びフェイスブックに書かれた文章が収められている。

　『回生晏語』の回生とは、起死回生の回生であって、あまりにも大げさな言葉なのだが、他に適当な言葉がなかったのでやむを得ず使用した。晏語とは、閑談と同じ意味で、無駄話に過ぎない。とはいえ、読んでくだされればおわかりのように、2016 年の夏から私はにわかに体調が崩れ、医者にも、「今年が一つの分かれ道だ」と言われた。

　なるほど、今年は私が後期高齢者になった年だ。私自身は何も無理をしたつもりはなく、昨年の 6 月から始めたリハビリも快調に進んでいると思っていたのだ。でも、臓器の衰えは数値に現れ、それを改善しようとして、どうやら私の体に合わない薬が使われたようだ。その途端、体調が一気に悪くなったという次第だ。前から悪かった心臓に腎不全が加わり、肺までおかしくなった。

　そして、病んでみれば、なんと多くの人が心配し気遣ってくれることか。もったいないことだと思う。声をかけコメントに書いてくれる、その言葉にハッと驚くほどの情が籠っていて、涙もろい私は思わず目頭を押さえる。

　ただ、不思議なことに、人のそういう優しさに甘えていると、私のつぶやきがロクでもない愚痴に陥りがちだ。そういう私自身を起死回生しようという思惑がこの言葉に込められている。今更、大言壮語をしても始まらない。見えぬ相手ながら私の気持ちをわかってくれる人と閑談したいと思っている。

　　2016 年 11 月 22 日

　　　　　　　　　　　　　　　　　　　　　　萩野脩二

● **目　次**

まえがき	001
目　次	002

2015 年　　　　　　　　　　　　　　　　　　004

一海知義（いっかい・ともよし）先生のご逝去…004／宝塚…005／FB…007／FB…009／FB…009／清水寺　夜の拝観…009／FB…011／FB…012／FB…012／FB…013／FB…013／杉本先生の文章…013／腹筋…016／FB…018／FB…018／はじめまして…018／FB…019／FB…020／FB…021

2016 年　　　　　　　　　　　　　　　　　　022

FB…022／あけましておめでとうございます…022／FB…026／FB…026／FB…027／FB…027／1 月 11 日…027／FB…028／FB…029／FB…030／いただいたお返事…31／FB…033／FB…034／FB…034／文革の顔…　034／FB…036／FB…037／FB…038／FB…038／FB…038／イワシの小骨…039／FB…041／FB…042／FB…042／FB…043／FB…043／FB…044／FB…045／FB…046／FB…047／FB…047／FB…047／FB…048／FB…048／FB…049／若者…050／FB…051／バス旅行…053／FB…055／FB…056／FB…057／FB…058／FB…059／杉本先生の「補遺と付記」…059／FB…060／FB…061／FB…062／FB…063／FB…064／FB…065／FB…065／後期高齢者…067／FB…069／FB…070／FB…070／FB…071／FB…

002

071／FB…071／快眠・快食・快便…072／FB…074／FB…074／FB
…075／FB…075／2人の先生…076／FB…078／FB…079／FB…
080／FB…082／FB…083／FB…084／FB…084／FB…085／FB
…086／5箱…086／FB…087／FB…088／FB…088／FB…089／
FB…090／FB…091／FB…092／好並君の論文…092／FB…095／
FB…095／FB…096／金戒光明寺（こんかい・こうみょうじ）…097／
FB…099／FB…099／FB ハマユウ…100／FB…101／FB…101／
FB 白内障…102／中年…103／FB 立秋…105／FB お盆前…106／FB
孫娘来訪…106／FB 大文字の送り火…108／FB 贈呈本…109／アスリー
トの大会…109／FB 3人目…110／FB 葉月のつどい展…110／FB 汎
具象展…111／FB パイプオルガン…113／FB リハビリ…114／FB 雑
草…115／9月になって…116／FB 中秋の月…118／入院雑感…119／
YuanMing の便り…121／FB 退院…128／FB 正昭、Bob の古希の祝い
…129／FB 正昭、Bob の古希の祝い…130／FB 児玉さんの個展…132／
YuanMing の「便り」（第2）…132／FB 漢字ミュージアム…137／杉本
先生のメール…137／FB 体調…140／FB 歓待…141／FB 満月…142／
FB 無事終了…143／10月22日の本の紹介について…144／FB 古典の日
…145／FB 欠席…147／FB 救急搬送…149／2度目…154／FB 一週間
…157／FB 冰心からのボーナス…158／宝物…159／FB お願い…159／
FB 退院…160

あとがき　163

TianLiang シリーズ　164

ブログ「Munch3」のアドレス：
http://53925125.at.webry.info/

Ⅰ 2015年

・一海知義（いっかい・ともよし）先生のご逝去
（2015.11.21）

　ＰＣのニュースで、一海先生がお亡くなりになったという記事を読んだのは昨日の夜のことだった。私の購読している新聞には、記事が載っていなかった。ＰＣでは、11月15日に86歳でお亡くなりになったという。

　私にとっては、一海先生は、先輩ではなく先生に当たる。大学の1回生の時に、「漢文」の授業として「項羽本紀」を習ったと思う。当時、一海先生は京大中国語中国文学科の助手であった。確か、4限の時間に、宇治分校までやって来ての授業であった。私は「朝日 中国古典選」の『史記 楚漢編』を持っていたので、注釈者である先生に会うことに、一種の感動を覚えていた。

　とはいえ、一海先生と親密に何か話をしたわけでもなく、その後も、とりわけの付き合いがあったわけではない。いくつかの断片的な記憶が残っているに過ぎない。強いて言えば、私のような弱気な意気の上がらない男とは違うタイプの先生だから、敬して遠ざけたと言った方が良い。噂では、特攻隊に属したとか、酒好きでメチルアルコールまで飲んでいたとか、とにかく、豪の者だったのである。これらは、一海先生より次の世代の、そして私の先輩たちから聞かされた話だ。

　噂が本当らしく思えたのは、一海先生の堂々たる態度であった。泰然とした物怖じしない態度は、吉川幸次郎先生に対してもずけずけとものを言うことに現われていた。他学科の助手は教授のあとを走り回ってついているのに、中文の助手は教授より偉そうだというのが、私の同級生たちの話であった。それでも、吉川先生の三羽烏の1人だとして、我々は敬意を持っていた。

　網野町での夏の合宿でのことや、吉川先生の外遊帰国後のフィルム映写会の時のことなど、細かなことが今思い出されるが、私は、一海先生の本業の研究については、何一つ思い出すことがない。実に怠惰な情けない学生であり、後輩である。入学以前に出されたばかりの岩波の中国詩人選集4の『陶淵明』も、当時は何ということなく読んでいたにすぎない。今、読み返してみれば、若々しい気鋭の論が満を持して述べてあり、さすがと思えるのだが。

　今、どうしても思い出せないのだが、私が関大で中国文学会の係をしていた時に、一海先生に講演をしていただいた。題がなんであったか、日時がいつであったかも思い出せないが、陶淵明に関しての話であったと思う。お昼を大学内の食堂で一緒に食べながら、『桃花源記』に出て来る、「問、今是何世。（問ふ、今は是れ何の世ぞ、と。）」という言葉の解釈として、普通、今はどんな世になっているのですか、と聞いた。と解釈するが、彼らは秦の時代に洞窟に逃げ込んだので、始皇帝しか知らないわけだか

ら、「今は〈秦〉の何世の時代ですか」と聞いたという風に解釈できるのではないかと、おそるおそる一海先生に尋ねた。すると先生は、「それは面白い解釈だ。誰の解釈かね?」と聞くので、私が高校時代に習った清田清先生の説だと言った。一海先生は、説に理があるかどうかを第一に判断して、素人の私、および高校の先生の意見を肯定してくれた。このことが、私には深い大きな印象となり、明るい記憶として残っている。その後、先生は『著作集 全11巻』(藤原書店)を出された。なるほど息の長く太い大きな先生だったのだ。この「序」に当たる興膳宏先生の文章も、私は良く一海先生のことを捉えていて、しかもユーモラスで、大変好きな文章である。興膳先生は、一海先生の後輩にあたる。一海先生は良き師と後輩、そして陸游を読む会の人びとに恵まれたのだと思う。

安らかにお眠り下さい。

・宝塚　　　　　　　　　　　　　　　　　　　　　　　　　　　(2015.11.29)

土曜日は、宝塚まで遠出した。足の悪い私には、遠出はとても辛いのだけれど、チケットを頂いたので夫婦で出かけた。杖をついているものだから、阪急では親切な人が多く、往復の電車でずいぶん多くの方に席を譲られた。感謝し遠慮なく座った。

宝塚には、当然宝塚歌劇を見に行ったのだ。今日は月組の公演で、『Musical舞音—MANON—アベ・プレヴォ「マノン・レスコー」より』と、『グランドカーニバル GOLDEN JAZZ』である。

『舞音』は、私にはいささか退屈な劇であったが、植田景子の脚本・演出は、愛の複雑な相を捉え、最後に泥の中から咲くきれいな花＝蓮(中国語ではlianリエンという)が本名だと明かして死ぬ、愛の悲劇にまとめたのが、さすがだと思わせた。

私が驚いたのは、主演の月組トップスターの龍真咲(りゅう・まさき)と娘役・愛希れいか(まなき・れいか)が、最初から歌と踊りと演技の連続であったことだ。大変な肉体労働だ。にもかかわらず、声量は少しも落ちなかった。トップスターとは、大変な役者なのだと感じ入った。

次の『GOLDEN JAZZ』は如何にも宝塚らしい、踊りと歌とレビューで楽しませる。とりわけ、こんなことがあって、家内は大いに喜び満足した。それは、何人もの"塚ガール"が客席の通路に下りてきて、歌い踊った時、拍手する家内と1人との目が合って、ハイタッチをしたことだ。それだ

月組公演のポスター

2015年

けでも楽しいことなのに、次に懐からコースターを取りだし、家内にくれたことだ。これには、大いに感激してしまったというわけだ。
帰宅してコースターの裏を見たら、なんと、星那由貴（ほしな・ゆたか）男役のサインがあった。

コースター（表）

（裏）星那由貴のサイン

＊**クマコ**：先生、こんにちは。
奥様と宝塚歌劇にお出掛けになったんですね。奥様が楽しまれているご様子、目に浮かびます。
幼い頃、私も母がファンだったのでよく行きました。娘が宝塚大劇場と川を挟んで反対側のマンションに住んでいて月一くらいのペースで宝塚へは行っていますが、歌劇にはご無沙汰です。久しぶりに娘や孫と男装の麗人を観に行きたくなりました。

＊**邱羞爾**：クマちゃん、コメントをありがとう。宝塚歌劇を見るなんて、自分でも思わぬことでした。君のお母さんもファンだったのですか？関西にはファンが多いのですね。君は娘さんやお孫さんと「男装の麗人」を見に行くそうですね。そうしたら、月組の星那由貴を応援してやってください（笑）！

＊**ノッチャン**：先生　お二人で素敵な時間を過ごされたのですね♪
ですが、星那由貴さんは、もうすぐ卒業されるのではないですか？
奥さまは、彼女（彼？）の永年のファンからすると、垂涎の品を受け取られたのではないでしょうか。すばらしい！
選挙事務の合間に

＊**邱羞爾**：ノッチャン：コメントをありがとう。驚いたなぁ、星那由貴は退団する

のですね？ちっとも知らなかった。ノッチャンはよく知っていますね。ノッチャンも宝塚をよく見るのでしょうか？仕事の合間にコメントを入れてくれて、今年は余裕のノッチャンですね。

私は出不精だから、どこにも行きたくないのですが、家内がとにかく動けるうちにと飛び回っているのですよ。

・facebook. (2015.11.29)

11月最後の行事ともいえる文化的参加活動として、宝塚歌劇を見に行った。
私には、男役にせよ、娘役にせよ、どれも同じ顔に見えてしまい、かろうじてトップスターの龍真咲（りゅう・まさき）と愛希れいか（まなき・れいか）ぐらいがやっと識別できるくらいだった。

華やいだ楽しい音楽、歌と踊りとリズムそして愛の物語にノルには、私はもう感覚も意識も重く鈍になってしまっていた。

＊幽苑：舞台化粧が濃いので、なかなか顔の見分けが難しいですね。ファンは公演中2～3回観に行くそうです。そうなれば顔の見分けもつくでしょうね。

＊邱羞爾：幽苑さん、返信を書いたはずなのに、消えてしまっていますね。もう一度書いておきます。なんでも1度や2度ぐらいではダメなのですね。でも、公演中に2～3回行くなんて、大ファンでなければできないことですね。幽苑さんは、お好きですか？

＊幽苑：私は地元でも最近は行く機会がありません。高校の同窓生の中には娘さんが宝塚の人もいます。

＊邱羞爾：幽苑さん、体調はもう回復しましたか？このところ、また忙しく仕事を続けてやっていたようですから、心配です。もうじき個展が始まりますから、お体ご留意ください。

＊幽苑：ありがとうございます。昨夜は大変でしたが、今日は少し落ち着きまし

た。まだ食欲はありません。鬼の撹乱ですね。

＊正昭：愛の物語にノレない貴兄は、それでまた素敵じゃないですか！

＊邱羞爾：コメントをありがとう。愛にノレなかったともいえますが、筋立ての粗さの物語にものれなかったのです。少しブログに触れました。

＊純恵：宝塚って好き嫌いがハッキリしますから（笑）あの独特の雰囲気が楽しめれば良いのではないでしょうか？

＊邱羞爾：そうですね。でも、あの独特の雰囲気が好きになるのは勇気がいるような気がしました。純恵さんは好きですか？

＊純恵：はい、子供の頃はテレビで劇場中継をよくやっていて、ベルサイユのバラはかじりついて見ていました。劇場に足を運んだのは数える位ですが…。

＊邱羞爾：なるほど、ベルバラねえ。今は、なんだかトップスターがしょっちゅう変わっているような気がします。ろくに知らないものが言うのもなんですが……。もしその気があったら、私のブログも見てください。

＊真宇：先生＾＾笑　私にも皆さん同じお顔に見えます…
化粧が同じだからなんですかねー？

＊邱羞爾：そうか、女性にも同じ顔に見えるのか！特に男役は似てますよね。男役から、コースターをもらったのですよ……よかったら、私のブログを見てください。

＊Akira：私が小学生の頃、母が宝塚の大ファンだったので必ず毎週私を連れて見に行ってました。不思議な事に宝塚の音楽って頭に残るんですよねー幼い頃に見たベルバラとかが未だ頭の中で音楽が流れ続けています。

＊邱羞爾：Akira君、そうか、毎週見に行っていたのか？！！お母さんはきっと

いろんな名前を知っていたことでしょうね。ベルバラのころまでは、大スターがいたように思います。今度は君がお母さんを連れて行ってあげる番ですね。忙しくて時間がないのかな？

・facebook. (2015.11.30)

夕方、ドイツから贈り物が届いた。3月の京都が楽しかったお礼だという。
まるでクリスマスのプレゼントのような気分で頂いた。ガラスのポットと6種類のティーと、この前アサ君からもらっておいしかったと書いたので、特別のお菓子（バーセル名物のレッカリ）だ。

・facebook. (2015.12.01)

なんだか私のＦＢがおかしくて1度書いたはずなのに、消えてしまった。
もう一度書くと、「児玉幽苑中国画展」が12月5日（土）から9日（水）まで阪急清荒神駅の「ギャラリー六軒茶屋」で開かれる。
今年はこの個展も11回を数えるという。大したものだ。
中国山水画、花鳥画を35点展示するそうだ。
TEL：0797-81-6515。

　　＊邱羞爾：「児玉遊苑中国画展」が12月5日から9日まで、清荒神駅の「ギャラリー六軒茶屋」で開かれる。中国山水画、花鳥画を35点展示されるそうだ。午前10時から午後5時まで（最終日は4時まで）。

・清水寺　夜の拝観 (2015.12.05)

今日は夜、外出して、清水寺に行った。「夜の特別拝観」の招待状を頂いたからだ。12月6日までの会期だから、あす土曜と明後日の日曜しか期日がない。今日も昨日のように寒くて、風が強いが、今シーズン初めて着るアノラックを出して、マフラーをして、手袋をして出かけた。下にも4枚も着ていたが、や

チケット

I 2015年

はり寒く感じた。

時間を少し遅くして、7時過ぎに家を出た。そして五条坂をまっすぐ上らずに、途中、茶碗坂に曲がって上って行った。おかげで、人がやや少なかった。いわゆる裏の道になるので、受付までの石の階段は急で、フーフー息を吐いた。もっとも、後ろからヒーヒー言って上ってくる奥さんもいたので、なにか嬉しくなって、顔を見合わせて笑ってしまった。やはり抜け道は厳しいと彼女は言う。私は私で、入り口まで行かないのに、もうここでいいなどと泣き言をいう。彼女の旦那が、頑張りましょうやと、自分はもっとへばっていながら、私に声を掛ける。大した坂でも石段でもないのに、大げさな物言いであった。

そこへ、男がやって来て、「写真を撮ってあげましょう。ここが一番きれいです」と言う。見れば、京都市からのボランティアで、「写真を撮ってあげるのが私の仕事です」と言う。後で見たら、アングルは良いが、ピンボケであった。この男はどうやら東南アジアからの留学生らしかったが、流暢な日本語であった。

入口からの1枚

秀吉ゆかりの名園がある成就院の月の庭の拝観が特別にあったが、その前の池に逆さまに映る紅葉を見ただけで、中に入らず引き返してしまった。というのも、院から出て来たと思われるご婦人に「きれいでしたか？」と聞いたところ、「中に入っていません」と言う。それで思わず笑ってしまった。というのも、1人600円は痛いからだ。この奥さんは若い夫婦と連れであったから、3人分のお金がいることになる。お金よりも貴重な庭園だろうけれど、私のような俗な奴にはお金の方が大事だ。

紅葉がところどころライトアップされていて、夜目にはきれいに見えるのだが、そして、きれいだと写真を撮るのだが、案の定、私の腕ではすべて良くなかった。中には何を撮ったのかわからないものさえあった。確か清水寺は、サクラも良かったと記憶する。

清水寺は、通る道を舗装してあって、トイレも複数作っていて、さすがに京都を代表するお寺だと思う。私の記憶では、それはもう何年も前の話だが、こんなにすっきりとした道ではなかった。少なくとも舗装はしてなかった。あちこちにボランティアや警備の人が立っている。彼ら

清水の舞台

の中には、大声で注意を喚起したり、呼び込みをしたりしている。が、ずっと黙っている者もいる。2人でこそこそ話をしている者もいる。その声は中国語だったので、びっくりした。こういう所にも、中国の人、たぶん留学生だろうが、いるのかという驚きであった。観光客の中には、それはもうかなりの客が中国の人だ。「meili 美麗」とか「piaoliang 漂亮」などと言う若い女性の声が聞こえた。「haokan 好看」とはあまり言わないようだった。夜のライトアップした紅葉だから、まっかっかになった赤い紅葉でなくても、綺麗と言うんだろうと思った。夜は百難を消して、良いところだけをライトアップする。今年の京都の紅葉はだいたいにおいて綺麗ではなかった。むしろ、汚いと言った方が良い。天候のせいで、綺麗に色づくよりも先に散ってしまっている。

夜の外出というのは、胸がときめくものだ。夜景を見て、遠くの京都駅あたりの京都タワーの白く見えるあたりの灯の集まりなどが、巷の歓楽を思い描かせ、今、それを観ている二人ならば、思わず寄り添いたくなるような魅惑に溢れている。残念ながら、さっさと帰宅してしまったが、それでも普段見なかった景色を見て心楽しく過ごしたし、寒さも慣れたせいか、あまり強く感じなかった。良い切符を頂いたものだ。

朝6時台と夜寝る前に測る血圧が、この頃少し高めになっている。今日もかなり高かった。

紅葉に映える塔

京都タワーを望む

- **facebook**. (2015.12.05)

昨晩は、清水寺の夜間ライトアップを見に行った。夜の外出は魅惑的で、久しぶりなので良かった。詳しくは、ブログに書いた。

今日のお昼には、上七軒まで出かけ、北野天満宮のそばの喫茶店で、久楽迎古（くらーく・げーぶる）さんの「和紙夢絵」を見に行った。45点ほどの「和紙夢絵展」が11月で終わってしまっていたので、8点ほどが展示されている、この喫茶店を訪ねたのだ。夢絵というだけあって、幻想的なロマンティックな絵だった。数少ない方が精選されているせいかなかなか良い作品であった。現代人が忘れている地球の心象、原風景を京和紙に再現したと本人は語る。小さな字の説明の文章もなかなか面白かった。カメラを忘れてしまったのが実に残念だ。8日までの展示。

また、この店『喫茶・梅』も変わっていて面白い。上七軒の芸子の団扇が壁に掛かっ

I 2015年

ていて、今残っている7件の置屋の30人ほどが名前とともにある。女主人のお母さんも芸子だったそうで、谷干城（たに・かんじょう。正式には たてき と読むらしい。）の筆になる「弥栄（やえ）」の額が掛かっていた。また、お兄さんも「独立展」に出品する画家だそうで、先日行った「第83回　独立展」にも「極淵」や「殖動譜」という絵を出品していた。

情緒豊かな上七軒の通りを抜けて、北野天満宮の通りに出て、有名な「粟餅」を買って帰宅した。

・facebook. (2015.12.07)

今日は予想外なものが届いた。董静如編著『改革開放的中国文学——現代小説評論』（趙樹里研究文叢第1輯。2015年10月、北岳文芸出版社、262頁、39元）。

この本の「輯二」は、私の『中国文学の改革開放』（朋友書店、2003年2月（1997年4月初版）、189頁）の翻訳である。訳者は、董静如と大竹美智子とある。大竹氏は未知の人である。董大中氏の「前言」がついている。

この翻訳に関しては、長いやり取りがあって、たぶん10年はかかっているだろう。何はともあれ、今やっと日の目を見たのだ。そのことを喜び、董静如女士にお礼を言おう。

趙樹里の絵のある表紙

「目次」輯二

・facebook. (2015.12.08)

今日はいろいろな仕事ができたが、その中でも1番なのは、タタミを新しくしたことだ。幸い良い天気に恵まれたので、1日で出来上がった。業者によれば、12年前に換えたのだそうだ。何でも新しいものは、気持ちがよい。

＊純恵：新しい畳の匂いって良いですよね。
新年を迎える準備が着々と進んでいますね…私も中断してる大掃除しなければ…。

＊邱羞爾：純恵さん、まだ何も準備は進んでいませんが、もう12年目になるので畳替えをしたのです。そして、昨日スーパーで鏡餅を買ってきました。小さいものですがね。純恵さんは働き手が1人じゃないですか？大変ですね。息子さんの①、②は良くお手伝いしますか？

＊純恵：子供達は全く役に立ちません戦力外です。
小さい頃の方が役に立ちました…（笑）

・facebook.　　　　　　　　　　　　　　　　　　　　　　　　　（2015.12.11）

夕方の散歩をしていたら、久しぶりにサギを見た。「いよちゃん」ではなさそうだが、餌をくれた喫茶「カレン」の看板の上にじっとしていた。たまたま持っていたカメラで逃げやしないだろうかとおっかなびっくりで写真を撮った。

・facebook.　　　　　　　　　　　　　　　　　　　　　　　　　（2015.12.13）

13日で終わる祇園・何必館で「魯山人と遊ぶ 展」を見てきた。何必館120点のコレクションが「陶」「書」「茶」「花」「食」の5つのテーマに分けて展示されている。私には、陶器が一番親しみやすく、良かった。館長の梶川氏によれば、美は用より出るそうだが、凡人たる私は好悪に出がちだった。魯山人は日常の中に美を求めたそうだが、それが静謐の中に輝きを出していた。河原町の喧騒の中に幽玄の世界があったのである。

・杉本先生の文章　　　　　　　　　　　　　　　　　　　　　　（2015.12.14）

我が尊敬する先輩、杉本先生は、私がネタ切れで窮しているとき、不思議とタイミングよく、文章を送ってきてくれる。このたびも、私がつまらぬことで落ち込んでいて、不機嫌な時に、そういう気分を慰めるかのごとく、軽妙な酒の話を送ってきてくれた。

私は言うまでもなく、すぐさまここに転載する。先生の文章の「軽み」は、なまじ馬齢を重ねただけの私のようなものには到達できない境地であろう。心から感謝して、ここに転載する次第である。

〜〜〜〜〜〜〜〜〜〜〜〜〜〜〜〜〜〜〜〜〜〜〜〜〜〜

冷え込む夜の白酒回顧 杉　本　達　夫

2000年10月下旬のある夕刻、わたしは山東省済南の表通りを歩いていた。10月とはいえ冬がすぐそばで、内陸の夕刻ともなれば、重ね着を通して、寒さがしんしん染み透ってくる。わたしは唐突に白酒が飲みたくなった。60度もあろうかという酒、わたしたちがパイチューと呼んでいるあの酒である。わたしは絶えてとは言わないが、白酒は飲まない。あんなきつい酒を飲んだら、のどが焼け、胃がただれそうで、恐怖が先に立つ。酒で胃をつぶして繰り上げ帰国するなど、不名誉この上もない。というわけで極力遠ざけていた。中国酒で好んで飲むのは黄酒、つまりは紹興酒である。

だがこの時はどういう気紛れか、白酒が飲みたくなったのである。小さいグラスで1，2杯飲んで、体を温めたかった。熱い紹興酒を飲めば、体はもっと温まるだろうのに、なぜか白酒でなければいけなかった。そういう気分の移ろいは、自分では説明がつかない。

通りから階段を上がって、ビルの2階の料理店に入った。けっこう広いが、およそ華やぎのない、殺風景な感じの店である。時刻がまだ早いのか、客は少なく、店員が多くて、多い分だけ活気があった。まず酒を頼む。ところが、小さいグラスでという売り方がない。瓶ごとでなければいけないという。仕方がないから1本取った。サイダーそっくりの瓶である。あれは400CCもあるのだろうか。銘柄は何だったか覚えていない。そもそも関心がなかった。茅台や五糧液のような高級酒であるはずもない。地酒なのであろうが、しかし味はよかったように思う。飲みつけない酒で、舌が痺れていたけれど。

記憶違いでなければ、値段は1本29元ではなかっただろうか。日本円にすれば、当時のレートでほぼ400円に過ぎない。換算してみれば嘘のように安いが、地元の生活者には結構な値段なのだろう。上海の靴屋で、男物の革靴が29元で出ているのを見た覚えがある（3日ともたぬ人造皮かもしれない）。

酒がきついのだから、酒より先に食物を胃に運ばなくてはいけない。定食というものはない。へたに頼んで大皿がどかっと出てはたいへんだから、軽く餃子で済まそうと思った。餃子とは日本でいう水餃子である。日本で餃子といえば、一般に焼餃子のことだが、焼餃子は中国では餃子とは言わない。で、その餃子は日本並みの一

皿あればよいのだが、餃子は一皿いくらでは売らない。目方で売る。品書きには1斤いくらと書いてある。1斤がどれほどの量になるのか、見当がつかないから尋ねたところ、70個程度はあるらしい。べらぼうな量で、食えるわけがない。といって2両3両注文するのは、なんだかみみっちい。だからここは太っ腹で半斤頼んだ。1個1個が大きくても小さくても、どうせどっさり残すことになる。

大皿に大きな餃子がどかっと出てきた。餃子はどうやって食うか。酢に浸して食う。辛子もラー油もない、ただ酢を友として食う。酢は黒く、醤油と見分けがつかない。味も日本の酢とは大いに違う。郷の流儀の食べ方なのであって、それはそれで美味いのだ。餃子を食いつつ酒を飲む。焼けるような熱さが、舌を刺しのどを通って全身に広がってゆく。酒は小さなグラスに1，2杯でよいはずだった。だが目の前に瓶があれば、それで止まるわけがない。どうせ残すならというさもしい根性もある。餃子が酒に呼びかけ、酒が餃子に笑みを送り、終わってみれば、予定量をはるかに越えて飲み、食っていた。全身がカッカと燃えている。だが、酔いは頭に上ってはいない。白酒というのは不思議な酒で、なかなか頭までは酔わないし、悪酔いが後を引くこともない。日本酒などはゆるいから何杯も飲めるが、うかうかと酔いつぶれるし、二日酔いもひどい。詐欺みたいなもんだ。

若いころに一度、ウォッカを飲んだことがある。ほんの数杯飲んだだけで、骨抜きのごとくに潰れてしまった。ロシアではあれが抗寒飲料でもあるそうだが、いったいどんな体をしているのだろう。古今亭志ん生は先の戦争末期に、酒が飲めるからというので満州へ巡業に行き、大連で敗戦を迎えて、生きるのが嫌になり、酒を飲んで死のうとした。飲酒自殺である。満鉄の社員から、「どんなに酒が強くても、コップに1杯以上飲んではいけないよ」と、警告つきでもらった数本のウォッカを、一気に飲んで死のうとした。もちろん死ねなかった。「美濃部さんっ！　美濃部さんっ！」と揺り起こす声に目が覚めてこの世に戻った。自伝『びんぼう自慢』にそんな話が書いてあった。志ん生は直参旗本の家柄で、美濃部姓である。揺り起こしたのは、同行していた六代目三遊亭圓生で、名を山崎松尾と言ったのではなかったろうか。志ん生の体には、どんな抗アルコール菌が、どれほど培養されていたのだろう。

広い通りの片側には、鈍い電光のもと、夜店が長々と続いていた。寒空にござを敷いて商品を並べ、売り主が座り込んでいる。坐骨神経痛になりはせぬかと心配になった。日用雑貨や衣料品、小さな家電や文具類、なんでもかんでも売っていて、多くの客が群がっている。わたしは携帯用の目覚まし時計をひとつ買った。5元、すな

回生晏語 ────── 015

わちほほ70円だった。上海でも同じく路上の市場で、同じく5元の同じ時計を2個買い、ふたつの部屋に置いていた。一個は早々と動かなくなり、壊れたのだと思って捨てたが、実際は壊れたのではなくて、単に電池が切れただけなのだと、あとで思い当たった。時計に悪いことをした。

済南を訪れたのはたった1度、しかもわずか3泊である。時間は短いが、短いがゆえに、また案内人のいない、手さぐりの一人旅であるがゆえに、逆に印象が強いということもあるだろう。千仏山にも上り、黄河をよぎる橋の上にも立った。大明湖の畔も歩いた。高名な庭園で菊も眺めた。雨の中、さる大学の構内も歩いた。博物館で無駄足も踏んだ。公衆便所で辟易もした。一つ一つが脳裏に、鮮やかな印象を刻んでいる。

近代日中関係史の上でも、済南は忘れてはならない場所である。かつて日本の軍艦が黄河を遡って、この地に艦砲射撃を加え、大惨劇をもたらした。その事実を刻み、それに対する市民の抗議運動を記念すべく、ある公園の隅に大きな石の記念碑が置かれている。作家老舎はかつてこの地の大学で文学を講じ、小説を書いた。『大明湖』と題する長編を書いたが、上海で印刷中に、印刷工場が日本軍に爆撃され、小説は灰燼に帰した。日中開戦時には妻子を残してこの地を離れ、抗日陣営の文学運動に献身した。済南は日本の占領下の街となり、老舎が残した書画も原稿類も失われた。

冷え込む夜、料理店でただひとり、餃子を食い白酒を飲みながら、わたしはそんな日中関係のことを考えていただろうか。老舎の歩みや夫人の苦心を考えていただろうか。考えていたという記憶がない。たぶん考えていなかったのだろう。では何を考えていたかとなると、いよいよ記憶がない。飲み食うあいだの心の動きは、酒が醒めるとともに消えたのだ。これまた白酒の効用なのかもしれない。

急に冷え込んできたので、済南の白酒をふと思い出し、こんな回想を綴ってみた。もうすぐ79歳になる。自己管理がいよいよ心許ない。白酒は飲まないものの、少量の日本酒は習慣化した。「うがい、手洗い、あつい酒」を励行しているが、どうやら、百薬に勝るはずの薬液に、薬用効果はないらしい。

2015.12.4.

・腹筋
(2015.12.23)

22日は冬至の日だから、カボチャを食べたし、買って来た柚風呂にも入った。柚はかなり強い香りが家じゅうに立ち込め、何だか本当に風邪を引かないような気がした。調

子に乗って、日本酒をお猪口２杯ほど飲んだ後、パイジュウを飲んだ。四川の「剣南春」52度だ。これもお猪口に２杯ほど嗜んだ程度なのだが、時が経つにつれてすっかり回った。風呂に入ったからか、余計に酔った。久しぶりのことだ。

心臓リハビリをやり出してから、６カ月たった。２か月ほど前からか、トレッドミル（ルームランナーというのか）をやり始めた。歩く姿勢をよくするために、大股で背筋を伸ばして15分ほどやる。早さが問題なのだが、私は3.8ぐらいが精いっぱいだ。意識して大股で、また、頭から吊るされているような気持ちでベルトの上を歩く。若いトレーナーが、「なかなか良い姿勢だ」と言ってくれるので、いささか得意だ。

普段、家の周りを散歩している時は、すぐ腰が痛くなり、足が痛くなる。2800歩ほど歩いて家に戻るころには、もうへたり込みそうになって、足を引きずって戻る次第だ。でも、この器械で15分歩くのは、かなりスピードがあるように私には思えるのだが、散歩の時の様には痛まない。ベルトが勝手に歩かせてくれるからかもしれない。

昨日の月曜日、若い女性のトレーナー・真由ちゃんがやって来て、いきなり「もっと腹に力を入れてッ」という。「背中がつっぱって、反り返ってくる。腹筋を強くしなさい」という。

私は虚を突かれたように、なんだうまいこと歩いていると思っていたが、ダメだったのかと思った。確かに、腹筋は弱い。まるで力がないと言っていいくらいだ。これまで、格好良く歩いていたと思っていたが、まるでなっていなかったのだ。それ専門の人が見たら、私の弱点など見え見えだったのだと反省した。

腹に力を入れて歩くことが私はできていなかった。思えば、何事にも腹に力を入れた仕事をやってこなかったなぁと、つくづくと反省した。研究にせよ、授業にせよ、広く、生活の仕方にせよ、生き方にせよ、腹に力を入れてやってこなかったではないか。外面は一見よさそうだが、「実」がないではないか。

腹の底から歩くことが出来ていなかったという反省は、この年では辛い。今更間に合わないではないか。

とは言え、まだ歩き続ける以上、一歩一歩腹に力を込めて進むしか仕方ないだろう。別の男のトレーナーの幹大君が言ってくれたように、「強くやる事よりも、続けることが大事です」ではないか。

　＊邱羞爾：重要なお知らせ：
新しいパソコンになったので、新しいブログ「Munch 3」のアドレスにしました。
http://53925125.at.webry.info/

今後はこのアドレスにお願いいたします。

＊邱羞爾：重要なお知らせ２：
私の本『幸生凡語』の挨拶状に、私のメールアドレスを間違って書いてしまいました。正しくは、dkjvp604 で、ＫとＪが逆でした。どうかご訂正ください。

· facebook.
(2015.12.24)

＊うっちゃん：先生　ご無沙汰しております。
本日、書道展とみすずの招待券いただきました。
本当に有り難うございました。万難を排して見たいと思います。
奥様のお心遣いに感謝します。どうか、よろしくお伝え下さい。
今年も残り僅かです、来年もどうかよろしくお願い致します。
先ずはお礼まで。

＊邱羞爾：うっちゃん、私のパソコンが壊れてしまったので、家内のPCから返事をします。チケットが無事に届いて。よかったです。うっちゃんの方こそ体に気を付けて、来年も活躍してください。

· facebook.
(2015.12.29)

12月29日パソコンが新調できました。新しいパソコンから入れています。

· はじめまして
(2015.12.30)

★新しいパソコンになったことをきっかけに、ブログのページも新しくしました。
　これから、このアドレスにお願いします。

2015.12.30　邱羞爾

＊魔雲天：先生、押し詰っての新パソコン立ち上げ、お疲れさまでした。
新しいパソコンで、新たな年に向かって、このブルグが益々発展することをお祈りします。
どうぞ、良いお年をお迎えください。

＊邱羞爾：魔雲天、早速のコメントをありがとう。君がよい年を迎えることを祈っ

ています。

なお、ついでながら、重大な訂正をまた1つ書きます。　私の本『幸生凡語』の挨拶状に、私のメールアドレスを間違って書いてしまいました。正しくは、dkjvp604で、「K」と「J」が逆でした。どうかご訂正ください。

なんともへまな2015年でした。2016年は、慎重によいことを迎えたいと思います。

＊Kモリ：「幸生凡語」、先ほどいただきました。

家内が忙しく立ち働いている中で、早速楽しませていただいています。

先生のブログを介しての我が同窓生との交歓も、温かな時間の思い出とともに甦ってきます。

来年もよろしくお願いします。

＊邱羞爾：Kモリ君、コメントをありがとう。無事に早く本が届いてよかったです。君の言うように、同窓生との交歓が、私の本の最大の特徴です。これからもよろしくお願いいたします。もうあと少しで、2016年になります。君にとっても、よい年でありますように！

なお、私のメールアドレスを訂正しておいてください。dkjvp604@……　です。「k」と「j」が入れ替わっていました。

・**facebook.**　　　　　　　　　　　　　　　　　　　　　　　　　　(2015.12.30)

新しいパソコンになったので、新しいブログにしました。ブログのアドレスは、http://53925125.at.webry.info/　「Munch 3」です。どうぞよろしくお願いいたします。

＊真宇：先生〜♪　良いお年を〜　　来年もよろしくお願い致します(＾ω＾)

＊邱羞爾：真宇さん、ありがとう！2015年は押し詰まって、よくないことが多くのしかかってきました。2016年は、よいことの多い年にしたいです。真宇さんもよいことのある2016年にしてください。

＊真宇：きっといい事いっぱいあります！　私も2016良い年にします＾＾笑

Ⅰ 2015年

・facebook．   (2015.12.31)

『幸生凡語』という本を出しました。三恵社から 2016 年 1 月 1 日付の発行です。181 ページ、2,300 + α 円です。

なぜ『幸生凡語というかは、「まえがき」に書きました。どうして早く出したのかは「あとがき」に書きました。可能であれば、三恵社に電話をして、購入してください。

なお、本の挨拶状に入れた私のアドレスの「j」と「k」が入れ替わっていました。ご訂正ください。

（三恵社、TEL：052-915-5211）

　　　＊正昭：届いたよ。

　　　＊Tokiko：無事に届きました。ありがとうございます！

　　　＊三由紀：まえがきの〆の言葉、「ありがとう」の深さをしみじみと感じます。研究書もありがとうございました。

　　　＊利康：いつもお送り下さり、有り難うございます！

　　　＊邱羞爾：利康先生、無事に届いてよかったです。余計なアドレスを書いて間違ってしまいました。失礼の段お許しを！

　　　＊芳恵：先生、「幸生凡語」を頂戴しました。ありがとうございます！

　　　＊邱羞爾：芳恵さん、本が無事に届いてよかったです。本年もどうぞよろしくお願いいたします。

　　　＊雪雁：先生、先日学内便で『幸生凡語』を頂戴しました。ありがとうございます！

　　　＊邱羞爾：劉先生、やっと着きましたか？大学が休み中で、ずいぶん遅くなりました。でも、無事に届いてよかったです。本年もよろしくお願いいたします。

・**facebook**.　　　　　　　　　　　　　　　　　　　　（2015.12.31）

30 日に本をいただいた。濱田麻矢・薛化元・梅家玲・唐顥芸編『漂泊の叙事　1940 年代東アジアにおける分裂と接触』（勉誠出版、2015 年 12 月 31 日、561 ページ、8,000 + a 円）。
まだ、何も読んでいないが、年末のヘマで落ち込んでいたから、濱田麻矢先生の好意がとてもうれしかった。

濱田先生にいただいた本。

ブログ「Munch3」
http://53925125.at.webry.info/

II 2016年

- facebook． (2016.01.02)

＊Akira：先生　あけましておめでとうございます。
幸生凡語、改革開放的中国文学届きました。ありがとうございます。
京都でお食事した記事が書いてあって嬉しいです。次は西野がいる広州で食事ですね。
本年も何卒宜しくお願い申し上げます。

＊邱羞爾：Akira君、本が無事に届いてよかったです。ぜひ広州にいる西野君のところで食事したいですね。今年もよろしく。

- あけましておめでとうございます (2016.01.03)

新年あけましておめでとうございます。昨年末からのパソコン騒動をいまだに引きずっていますが、とにもかくにも新年になりましたから、古いことはすべて忘れて新たな気分で過ごしたいと思っています。

1月2日に、「昭和54年奈良女附属卒業生」の同窓会に参加してきた。と言っても、私が接触したのは、彼らが中学1年、2年の時にすぎないから、参加に躊躇していたのだが、まとめ役の裕子さんの励ましによって、思い切って参加した。参加して、実によかった。楽しく、うれしかった。

というのも、彼らが温かく迎えてくれたからであり、過分な待遇を受けたからでもある。彼らは3年に1度同窓会を開く。私は3年前と、これで2度の参加だ。

木村維男先生と荒木孝子先生も入れて総計51名の参加者であった。肇君の名司会で今回も始まった。彼が司会をすると安心して進行ができる。もっとも今回は時々迷司会になったこともあったのだが、頼もしい男になったものだ。というのも、私のイメージにはいつまでも彼らが中学生であった頃のイメージが残っているから、みんな幼い可愛い子供になるのだが、3年前がそうであったように、みんなずいぶん大人になって、それなりの苦労を経ているのだ。功啓君だって、おとなしく穏やかにニコニコしているが、勤め先のことで心労があるに違いない。髪が随分と白くなっていた。トイレで立ち話をした洋君だって、きっと人知れずの苦労があるのであろう、つるつるの頭になっていた。頭巾をかぶっていたが、私にはあえて頭巾をとって話してくれた。「お母さんはお元気か？」と私は聞き、「よろしく言ってください」といったが、彼は、「その節にはお世話になりました」などと1人前以上の返事をした。一番サプライズであったのは、佐恵子さんだ。東北の津波の取材などの心労からご主人がなくなったと

いうのだ。彼女たちはまだ55歳前後だから、ご主人だって若いだろう。でも彼女はにこやかに平然と話をしてくれた。そういえば、彼女の中学時代も明るく元気で、やや軽いところがあるものの、へこたれない子であった。

順一君は早速やってきてくれて、本の手配をしてくれたことを報告してくれた。彼には迷惑千万であったろうが、私の本『幸生凡語』を何冊か運んでもらい、3年前のことを書いた『平生低語』も運んでもらったのだ。年末に届いた本を預かって会場まで届けてくれたというわけだ。彼は前回の時もいろいろ私の面倒を見てくれた。椅子を引いたり、案内をしたりと細かいところまで気遣ってくれた。奥さんの圭永子さんとは話しができなかったが、互いに席から見つめあったので、感謝の念は通じたであろう。昭彦君は外国生活が長いことを話してくれた。「R」と「L」の違いができないことをドイツのTVが差別的に面白おかしくCMで流しているそうだ。その代表が日本人で、中国人もそうであるらしい。ところがアメリカ人が取り上げられた時には、知り合いのアメリカ人が早速抗議の電話をしていたという。「アメリカ人はえらい」というのが彼の感想だった。太郎君はゴルフの話をしたが、そこで允君と出会ったことも言った。允君はしょっちゅう他の人の話の中で出てくるので、司会の肇君が最後に、代表として指名して予定以外の「一本締め」の音頭をとることになった。太郎君の奥さんの伊恵ちゃんが、なんと今では眼科医として家庭を支えている話をしたので、感心してしまった。紫朗君が彫刻をやっているというのもやや意外な感じだった。私は最初のあいさつで、「今が一番良い時だから、大いに活躍しなさい」といったが、紫朗君には「一番良い時というのは、一番つらい時かもしれない。ピークな時なのだから、我慢してやり続けると、次第に年齢とともにコツが身について60歳になると花開くよ」と補足した。

佐江子さんにはいきなり、「覚えていない」と言って、がっかりさせてしまった。静岡からわざわざ参加したというのに、申し訳ないことを言ってしまった。でも正直なところ、もうほとんどの人の顔と名前が一致しないのだ。しばらく話をしたりすると、かすかに思い出すことがある。葉子さんだって馬場裕子さんだって、浩子さんだって、雅代さんだって、みんなすぐには記憶がはっきりしなかったのだ。圭子さんは、テニス部だったから「お前はあの時は鈍な奴だった」などと失礼なことを言った。でも彼女は素直に受け入れてくれて「あのころはもっと太っていて、そうでした」と言ってくれたので助かった。摩香さんの話し方にはすっかり魅せられた。なるほど小学校の先生とはこういうものかと感心した。その彼女も「もう体力的に限界を感じてやめようか」と思ったことを打ち明けてくれた。私は、ろくに知らないくせに、ちょうど一緒にいた紫朗君と同じことを彼女にも話した。

II 2016年

　至宏君が、彼だけはFBにアップしていたので、親切に対応してくれた。「もしかすると美術館に戻るかもしれない」という。戻ってくれたら、ずうずうしく講演会などに参加するつもりだ。彼と話していたら、奥さんの裕子さんがやってきた。最初わからず「誰だ？」などと聞いたものだから失礼した。山中先生のお見舞いの時に、わざわざ病院まで自動車で送ってくれたのだった。彼女は「以前、京都であったことがある」と今回も言う。私が前の前の大学に通っていた時に、彼女はバスから私を見たのだそうだ。覚えていてくれるなんて、なんとうれしいことではないか。

　覚えてくれると言えば、私が最初の授業で自分の名前の「脩」を説明したことを覚えていてくれた人もいた。圭子さんだったか、雅代さんだったか、今は記憶が怪しくなってしまったが、とにかく感激だ。40年ほど前のことなのだから。覚えていてくれると言えば、草野心平の「樹木」という詩を彼らは覚えていてくれる。今回は規弘君が先導して読み上げてくれた。我々は一緒になって読み上げた。でも正直なことを言うと、3年前にはこの詩を読むとき、つっかえてしまったので、今回はうまくやろうと近鉄電車の中で暗記を繰り返して覚えていたのだった。この詩が大変良い詩であることが、年をとればとるほどわかってくる。驚いたことに、充子さんが校長先生として、ある学校のPTAの新聞に書いてくれた。もちろん、ついでに私のことにも触れている。そして、「枝や幹は家庭。毛根を支える大地は地域。教職員は、暖かく降り注ぐ日の光でありたいと思う。」と結んでいる。さすがに校長先生だけはあると感心した。彼女のお父さんは、かなり有名な指揮者であるから、その新聞の「小学生に戻れたら何がしたいですか？」というアンケートに、彼女は「音楽をたくさん聴いて指揮者を目指したい」と答えている。

「校長のことば」の載る新聞の一部

　博久君が、山中昭夫先生追悼文集『附水・2015』についての紹介をした。吉沢先生の文章も、木村先生の文章も、私の文章も載っているが、目玉は山中先生の奥さんへのインタビュー記事だそうだ。彼の生真面目な性格が変わらない。幹事長の隆志君が諸連絡をした。彼の奥さん千里さんとは、今回は「ちゃんと覚えているよ」と前回の失敗、名前を思い出せなかったことの返礼をした。彼女は中学の時から、ドストエフスキーだのなんだのを読んでいたので、私が「そんなのはやせっ」と言ったらしい。「樹木」の詩のような一見平凡な様から自然の営みを歌うような心を養うのも1つの道ではなかろうか。

今回の目玉と言ってよいのは、昌良君の参加だろう。彼はTVで大臣の後ろにいる姿がよく映ったので、みんなも注目した。なるほど彼にはオーラがある。苦労も人並みではなかったに違いない。安保法制の仕事が一段落したので、同窓会にも参加できるようになったのだ。浩子さんとともに「東京柳汀会同窓会」の幹事をやるそうだ。

佳孝君が私の座る席のテーブルに一緒にいたので、いろいろ世話を焼いてくれた。伸好君や清君ともそんなに話ができなかったが、やむを得ないだろう。達夫君はしきりにスナップをとっていた。信孝君だけは顔が少しも変わらないと思った。今ではお医者さんだそうだ。

荒木先生はいまだ健在で、それどころかますますご活躍で、アイルランドの学者を招くそうだ。そのグループの一員である万里子さんが「案内」をした。最も驚いたのは、木村先生だ。前回も木工を我々に見せてくれて驚かしたが、今回ももっと技術が進んで高度の細工を見せてくれた。メビウスの輪のような置物とか、球形が3つも中に入っている玉。どれも1本の木から彫ったものなのだ。法隆寺の聖徳太子像の横にも、透かし彫りの飾りがあるそうだが、それと同じような作品であって、感服した。また、先生は55歳で付属の教員をいったん辞められたそうで、それは初耳であった。その後非常勤や、今では地域の民生委員をしているそうだ。独り者のお年寄りの話を聞いているそうだが、家の中に入らず外での立ち話でも、お年寄りはいつまでも長く、そして同じ話を何度もするという。昨年お父さんが101歳で亡くなったそうなので、今年は喪中ということだけれど、さっぱりと1世紀も生きたお父さんのことを話しておられたが、小学校の先生をしていたこともあるお父さんのことを敬意する気持ちが端々に表れていた。

最後に、「チームわだ」の裕子さんが、2時まで掛かって作成したという挨拶の辞を読み上げたが、その配慮の行き届いた名文に、これまた感心してしまった。なんと立派な文章を書くものかと思った。彼ら彼女らは本当に頭が良いのだ。確かにみんな親などの介護に苦しむ時期に来ている。だからこそ、このような同窓が集まってひと時を過ごそうということで、楽しかった会の1次会も終了した。

きれいなお花とお土産もいただいて、至宏君と佳孝君に送られて、「ホテル アジール・奈良」からタクシーに乗った。運転手の言によって、西大寺まで乗って近鉄特急に乗り換えて帰宅した。そうだ、いただいていたチケットを返すのを忘れてコートのポケットに入れたままだった。裕子さん、いろいろありがとう。楽しかったですよ。参加してよかった。

帰りに下さったお土産についていた「あいさつ」

回生晏語 ──── 025

Ⅱ 2016年

＊ドライフラワー：先生、遠いところご出席いただき又、こんな素敵な文章にしていただき本当に有難うございます。楽しい時間をお過ごしいただけたようで、幹事冥利につきます。色々不手際もあったのですが、懐かしい時間がそれを帳消しにしてくれたようです。『樹木』先生に暗誦お願いしないでごめんなさい。でも、懐かしがってくれた級友も多く、今日は2日だから、2番○○くん、とかあちこちで会話が弾んでよかったです。暗誦に苦労した者の方が覚えている感じでした。集合写真で先生の横にちゃっかり、枯れかけの花ですがお許しください。心臓リハビリにも励まれて、次回は3年後の山の日には又、是非お越しくださいね。お元気で。有難うございました。

＊邱羞爾：ドライフラワーさん、コメントをありがとう。君のおかげで楽しい会に出席できました。記憶でおぼろげに書いたので、勘違いや誤認があるかもしれません。気づいたら、そっと教えてください。訂正しますから。
　わが奥さんは、ドライフラワーが好きで、結構作っています。花はすぐ枯れるけれど、ドライフラワーは味わい深い良さをいつまでも保っていますよね。

・facebook.　　　　　　　　　　　　　　　　　　　　(2016.01.04)

1月2日、「ホテル アジール・奈良」で開かれた、「昭和54年奈女附卒業生同窓会」に参加した。中学1年、2年の時しか接触していないのだけれど、彼ら彼女らは暖かく迎えてくれた。その様子の一端は、私のブログ「Munch 3」に書いた。URLは、http://53925125.at.webry.info/ です。もしご関心があれば、覗いて見てください。

木村先生の木工を感心して見る同窓生たち

・facebook.　　　　　　　　　　　　　　　　　　　　(2016.01.07)

今朝は七草粥を食べた。お正月も峠を越え、年賀状も一段落した。
　ようやっとPCにも慣れてきて、落ち着けるようになった。ブログも安定してきた。ブログのアドレスは、http://53925125.at.webry.info/ 「Munch 3」です。また、私のメールアドレスは、 dkjvp604@kyoto.zaq.ne.jp です。随分ごたごたしましたが、よろしくお願いいたします。

- facebook. (2016.01.08)

散歩をしていたら、ほら貝の音が聞こえた。続いて呪文を唱える声。何事ならぬとそちらの方向へ歩くと、7人ぐらいの山伏の格好をした集団がいた。今日8日から14日まで聖護院の「寒中托鉢修行」が始まったのだ。毎年のこととはいえ、今年は、ほら貝の音も大きく、グループも多く見た。

- facebook. (2016.01.11)

11日、鏡開きということで、我が家では「ぜんざい」を食べた。いつもは「お汁粉」と言っているのだが、今日は「ぜんざい」。どこが違うのかはっきりしないが、関西では、こしあんでつくるのが「汁粉」で、粒あんが「ぜんざい」なのだそうだ。

- 1月11日 (2016.01.12)

切符をいただいたので、久しぶりに京都市美術館に行って、「日展」を見てきた。改組 新 第2回だそうで、日本画、洋画、彫刻、工芸美術、書の5つの部門があり、量的に圧倒された。
主として洋画を見た。大画面の力作がいっぱいあって、その大きさに吸い込まれるような気分になった。ほとんどが具象画であるが、どれも哲学

前庭で発掘調査している京都市美術館

的な題名を付けていた。絵という2次元の作品に、例えば時間だとか記憶などという多次元の題をつけて表現しようとするものが多かった。私には作品の優劣などがわからない。でも、「特選」や「総理大臣賞」「日展賞」「京都新聞賞」などがある作品はよいのだろうなと思って見ていた。
本当のことを言うと、どの作品も違いが判らなかったが、1つの作品、それは、杉本吉二郎氏の『西陣界隈』という「京都新聞社賞」をとった作品なのだが、この作品だけは、印象に残った。西陣の古い家の入口の描写なのであるが、人物もいず、何も動くものなどないけれど、のれんや表札、ベンガラの格子戸、折れ曲がった樋などから、「時」が浮き出て伝わってきた。それが、ほのかな情を漂わせているように感じた。多くの作品がどぎついくらいはっきりした輪郭で人物や山や植物を描いている中では、この作品の丁寧な筆さばきが却って懐旧の中へ淡く引き込むようなのであった。
見終わって帰宅しようとすると、着物姿の若者がぞろぞろと歩いてゆく。どうやら京都市の成人式が、京都勧業館「みやこメッセ」で開かれるようであった。いろいろな

回生晏語 ———— 027

きれいな着物に、申し合わせたような白いショールで首を包んだ女性が、慣れぬ足つきでちょこちょこと歩いている。どうせ内またでしか歩けないならば、もっと堂々と歩いたらどうかと思う。その方が現代女性らしい。男は背広姿がほとんどであったが、みなうれしそうであった。岡崎の平安神宮一帯は、若やいだ空気に包まれていた。

この式に参加するのだって、あらかじめ往復はがきで申し込んでおかねばならない。全員が参加できるのではないのだ。だから、彼らはもう選ばれたものだと思っているのだろう。あちこちで聞く不祥事はそういう選ばれているという慢心から起きているに違いない。思えば私は、成人式などしなかった。忘れていたといった方がよいのかもしれない。満年齢でやるのか、数え年でやるのかわからぬまま、その年が過ぎてしまったのだ。当時は1月15日、藪入りの日だった。藪入りなんてことはトウの昔に無くなっていたのだけれど。いずれにせよ、誕生日だとか成人式なんてことを行事化してお祭り騒ぎをするのは、そんなに古くからのことではないようだ。

行事と言えば、我が家では今日11日は「鏡開き」ということで、お餅の入ったぜんざいを食べた。お飾りの鏡餅を割って小さく砕いて、中に入れる。この餅が私は好きだ。インターネットで調べたら、関西では、粒あんのものを「ぜんざい」と言い、こしあんならば「汁粉」というそうだ。私は子供のころは関東であったから、こういうものはたいてい「お汁粉」と言っていたものだ。

私の『幸生凡語』をお礼として贈った方から返信をもらうことが多かった。原則として、私がブログの題材として取り上げた方や、ブログにコメントを入れてくれた方に、それぞれお礼として贈っている。ただ、その挨拶状に私のメールアドレスを間違って書いてしまったので、2,3の方から、メールを入れたが届かないで戻ってきてしまったという言葉をいただいた。私は慌てて、フェイスブックやブログに訂正のことばを書いたのだが、そういう人に限って、PCをあまり使わない人なのだ。改めて、私のブログのアドレスは、次の通りです。http://53925125.at.webry.info/ 「Munch 3」です。ついでに、私のメールアドレスは、dkjvp604@kyoto.zaq.ne.jp です。これは以前と変わっていません。本年もどうぞよろしくお願いいたします。

・facebook.　　　　　　　　　　　　　　　　　　　　　　　　　　　　(2015.01.13)

6か月ぶりの京大病院。水曜日はとても混んでいる。やっと若いお医者さんにこちらが慣れてきたというのに、4月からは変わってしまうという。2人ともだ。彼らの栄転のためなら致し方ないが、実に残念だ。検査の結果を2時間以上待って、出た結果はやや上がってしまったにせよ、「この範囲ならば問題ない」という。信じているほか

ないけれど、やや"眉唾ものだ"という思いで、帰宅する。当然、帰宅は12時を過ぎていた。

- facebook．

(2015.01.14)

14日朝、大阪に阪急で出て、阪急デパートで買い物をし、新梅田食堂街にある「きじ」でお好み焼きを食べた。11時半始まりの「きじ」には並んで、なんと2時間近く待つ羽目になった。次に難波に出て、高島屋に寄り、それから天王寺の「阿倍野ハルカス」に行った。もちろん300メートル60階の展望台に上った。天気に恵まれ、大阪城を探し

1954年からの創業という服を着て、モダン焼の準備をする「きじ」の主人。

当てた。私は高所恐怖症が少しあるが、高いところから景色を見るのは好きだ。それにしても、少し値段が高いような気がした。そこから8階に降りて、「近鉄アート館」で「第31回 毎日現代書 関西代表作家展」の特別陳列の「金子みすゞの世界」を見た。3時半から解説があったのだけれどマイクの具合が悪いということでモタモタしていたので、聞かずに京都に戻った。河原町の高島屋で「追悼 山崎豊子展──不屈の取材、情熱の作家人生」というのを見た。山崎豊子展では特別に「京都女子高等学校」時代の写真が飾ってあったが、珍しいもので面白かった。

金子みすゞについての解説を大村女史が始めたのだが、マイクの調子が悪いので、早々に引き上げてしまった。

近鉄百貨店の7階「近鉄アート館」。

上が阿部野ハルカスの展望台の切符。
下が京都高島屋の山崎豊子展の切符。

回生晏語 ———— 029

＊Yumiko：私も祝日 11 日、午前 11 時頃きじの前を通ったらすでにかなり長い列ができていてびっくりしました。うまくいけば食べられるかしらと軽い気持ちで新梅田食道街に行きましたが、あっさり諦めました…

ハルカスも一昨年オープン 1 ヶ月後に行ったところ 2 時間待ちでした。娘の高校が天王寺よりさらに南にあり、保護者説明会か何かの帰りに軽い気持ちで寄ったのですが、甘かったです。でももう二度と来ないからと只管待ち続けました。そしてやっと上がったら曇ってきました…

＊芳恵：先生が「きじ」の前で 2 時間待つ図というのが想像しがたいです（笑）。私も長らく行っていませんが、いつも混んでますよね…お疲れが出ませんように。今日は日下先生の最終講義に行ってきます。

＊邱羞爾：Yumiko さん、コメントをありがとう。「きじ」では、ぐっと我慢の体験でしたが、あなたのように諦める方が正解のような気が私はします。ハルカスは、曇っていても上るだけのことはあるような気がしますが、いかがでしたか？娘さんと 2 人で展望台に行ったのでしょうから、きっと良いことをしたのだと思いますよ。

＊邱羞爾：芳恵さん、この 2 時間の中には、店に入ってから席に座るのを待つのも入っていますから、店の前にいたのはもっと少ない時間でした。でも、お腹が空いているのに他の人が食べ終わるのを待つというのも厳しいものでしたよ。芳恵さんも大阪にいたころはよく行っていたのですか？

最終講義なんて、寂しいものですね。魅力ある立派な先生の退休は惜しいものです。日下先生によろしく。

・**facebook.**　　　　　　　　　　　　　　　　　　　　　　　　　　（2016.01.16）

京都文化博物館で、切符をいただいた「大丹後展」を見てきた。4 部に分かれ、交流、伝説、霊地、生産だが、私には浦島や大江山の酒呑童子、山椒大夫などの話でなじみのある「伝説」の部屋が一番面白かった。

続いて上のフロアーの「小川千甕――縦横無尽に生きる」を見てきた。これは 6 章に分かれての展示であったが、第 5 章の昭和の "南画家" として が良い印象となった。千甕は、自身の近眼から「ちかめ」とつけた名前だそうだが、もう一つ、京都での修

業時代に甕の絵付けをしていて、周りを見たら千ほどの甕があったことから、こう名付けて「せんよう」というのだそうだ。

予想外の文化と伝統のある、面白い展示であった

洋画、日本画、漫画、仏画、大津絵、彫刻、絵付け、南画、書など多種多様。それも若い時からの念入りの画帳や日記があるからだろう。自在であることは、厳しい修行の上に成り立つことなのだ、と感じた。

・いただいたお返事　　　　　　　　　　　　　　　　　(2016.01.20)

私のブログやフェイスブックにコメントを書いてくださった方には、お礼として『幸生凡語』を贈らせていただいているが、そのお返事をいただくことが多い。今回は、私が書いた自分のメールアドレスが間違っていたために、メールを入れてくださったのに私に届かなかった方もいる。パソコンが年末に壊れたので、慌ててしまったヘマだった。今回は、題名の「幸生」に賛同してくださった方が多かった。これは私としては少々意外であった。続いて「まえがき」にも賛同してくださる方も多く、私としてはうれしいことであった。例えば：

　◎私は、幸せに生きる、いいタイトルだなあとしか思いませんでしたが、「幸せにも生まれ」るの意味もあると読み、なるほどと思いました。生まれて、生きて、幸運にも友人に巡り合い、自分が生かされていることに感謝です。

　◎『幸生凡語』は、先生のブログの一年分をまとめられている叢書の6冊目になりますね。初めの号から書名に「〜語」をつけておられるのが、第12号からは「〜生〜語」となっています。自分の1年をしみじみ振り返って、そこに生じる感慨を「〜生」に、一年のブログの発言やその姿勢をやや諧謔的に総括したものを「〜語」にこめられたものと推察しています。そのような題名の付け方は「古稀贅語」からすでにみられますが、はっきり自覚的になるのは「蘇生雅語」からではないでしょうか。前書きに「第二の人生の始まり」「新たな人生の蘇生の年」とあります。自分のことばがコメントを書いてくれた人たちのことば（これが「雅語」で

しょう）によって「息を吹き返し、輝いているところがあった。みなさんのおかげで私は蘇生していた」と書かれています。

◎ご本の「まえがき」が今回もとっても素敵です。先生の「まえがき」を読むと、なんだかホッとして、ジーーンとうれしくなります。先生も頑張っておられる。私も感謝しつつ、「幸生」であり続けたいと思います。

◎まえがきの〆の言葉、「ありがとう」の深さをしみじみと感じます。

◎（略）あれも出来ない、これも出来ないと後ろ向きになりがちです。ですがいつも先生のブログを拝読して力を頂いております。「幸生」と言う意味をかみしめ、生きているからこそこれは出来る、あれは出来ると前向きに生きたいと思っております。（略）毎日パソコンを明けたら、真っ先に先生のブログを拝読し、先生の文章と対話しております。それが一冊の本となり送っていただけてとても嬉しいです。

◎さて、先日ようやく『幸生凡語』を合研にて拝受いたしました。ありがとうございます。いきなりですが、私の人生のモットーは、「平凡な幸せは努力の末にやってくる」です。　タイトルを見て、もうそれだけですっと胸に落ちました。そして「まえがき」を読んでほっこりとし、パラパラめくったところで突然、田川さんの記事が目に飛び込んできたのです。まさかご逝去されていたとはつゆ知らず、文字どおり言葉を失ってしまいました。　そして「平凡な幸せ」の貴さ、難しさを、改めてかみしめました。

以上のほか、内容に関してもいろいろ好意的なことを言ってくださる方がいて、その一言一言にうれしく感謝の念を禁じえなかった。中でも、あることにこんなことを言ってくださる方もいた。

◎少し落ち着いたので、中身を読んでびっくりしました。朱旭さんとお会いになっていらっしゃったんですね！　ブログをタイムリーに読めずにいたもので、本でみて驚きました。　学生の頃、観た映画「心の香り」が大好きで、もちろん他の映画も素敵ですが、心の香りをまた観たくなりネットで探してしまいました。

◎先月、自分の授業で『大地の子』と『変面』を見せたところだったので、先生が朱旭氏に七言絶句を贈られたことを知って、感動しました。海外のファンから漢詩を贈られた喜びは、いかばかりであったろうと思います。　「好きです」とか「感動しました」とかだけでも、嬉しいと思いますが、より深い理解と交流ができる、そのための学問だなと感じました。

そのほか、個々の事柄についてもよいことを言ってくださった方もいるが、ここでは割愛させていただく。最後に１つだけ挙げさせていただくと：

◎元日に『幸生凡語』を拝受。格好のお年玉を、ありがとうございました。

　それにしても、毎回同じことを言いますが、病を抱えた身で、ほんとによく続きますね。もう何冊目になるでしょうか。邱羞爾さんの場合、日常の生活の営みが、ことばの原資を生み出し、ことばを綴ること、書くことが命の原動力になっている。どうもそんな気がします。心底からの賛辞を贈ります。が、賛辞は同時に、自分は何をしているのだろうという、自問自責を強いるのですよ。幸い高齢ですから、すぐに消えますけれど。

　積上げた発言の記録は、邱羞爾という一個人の精神史であるとともに、京都に腰を据えた社会史でもあるでしょう。文字と情報が氾濫している状況下での時代への証言、ある種、兼好法師のような役割を、間違いなく担っているように思います。本人がそれを認めるわけはありませんけれど。

　拾い読みしながらも痛感するのは、古都の有難味です。恵まれた土地だなと、つくづく思います。武蔵野の農村に急造の、味わいのない街に住みついているものですから、ことさら羨ましく感じるのです。ただ、遠景の富士山だけは見飽きることがありません。

ブログのコメントやフェイスブックのコメント、メッセージ、メール、はがき、手紙、電話など何らかの形で返信をくださった多くの方々に、再度感謝いたします。

・facebook.　　　　　　　　　　　　　　　　　　　　　　　　（2016.01.20）

今年初めての雪が降り、だいぶ積もった。今まで妙に暖かであったから、とても寒く感じて、部屋で縮こまっている。散歩にも買い物にも出かけず、部屋の窓から降りしきる雪を見ていると、むかし子供ころの学校をさぼって寝ていたことを思い出した。小学生の頃はなんだかしょっちゅう学校を休んで寝てばかりいた。友達と遊んだことよりも、寝ていてラジオを聞いていたり、濱田広介（廣助）の「ひろすけ童話」を読んでいたことの思い出の方が強い。ラジオは「お話しおじさん」の時間だった。

夜、止んだと思っていた雪がまだちらほらと降っていた。急に寒くなった。残っていたパイジュウを飲んでしまったので、これも頂いて置いてあった紹興酒を飲んだ。14度ぐらいらしいが、パイジュウの後では、甘く感じたうえ、物足りなかった。

Ⅱ 2016年

・facebook. (2016.01.23)

今日は久しぶりに女性とデートした。もともと彼女の誕生日祝いのつもりであったのに、却ってお花やお菓子それに干支のサルまでいただいてしまった。12月末に彼女のお父様が肺炎で急死なされたので、少しは元気づけようと思っていたが、彼女自身がある諦念を心に秘め、それを受け入れようと、吹っ切れた態度であった。

それで、一緒に三条から縄手通りを下って新橋通りに歩いて出た。白川沿いにある吉井勇の歌碑を見たりして先に進んだら、白梅が咲いているのを見た。

この冬一番の寒波がやってくると脅かされていたけれど、意外に寒くなかったので、助かった。

・facebook. (2016.01.26)

今日は、うれしい贈り物が2つもあった。

1つは先日の同窓会の写真である1枚のアルバムにしてくれたので、良い記念となった。こういう仕事を嫌がらずにやってくれる彼女に感謝だ。

もう1つは、私が朱旭氏に贈った七言絶句を達筆な字に書きなおしてくださったのだ。字は書家の幽苑さん。上海に行く前の忙しい中を、ありがとうございました。

1月2日の同窓会の写真を裕子さんが編集して送ってくれた。よい記念。

幽苑さんの書：詩句は『幸生凡語』の109頁。

・文革の顔 (2016.01.31)

昨年の10月末と11月初めに、続けて『抜き刷り』をいただいた。

1つは、長内優美子さんの『ピアノ協奏曲"黄河"の集団創作について』（立命館大学社会学部『社会システム研究』第31号）であり、もう1つは、奥野行伸君の『路翎"雲雀"試論——書信から見た話劇創作』（『近畿大学教養・外国語教育センター紀要

（外国語編）』第6巻第1号）である。

奥野君は、路翎がなぜ小説ではなく、話劇を1947年に創作したのかという問題を抱え
ながら、話劇そのものの展開を追及する。その手段の1つとして、路翎の胡風に宛て
た手紙を検討するのである。そして、路翎が当時、文芸の大衆化を考慮していたこと
を明確にした。また、話劇に1947年という社会状況における不安や憤りが表現されて
いることも見事に指摘した。私が関心を持ったのは、話劇の中で使われる「雲雀」と
いう言葉のみならず、シューベルトの歌曲「雲雀の歌」が主要な主人公の心理を適切
に表現するものとなっているという考察であった。話劇を脚本の台詞とト書きだけで
再現して考察するのは、ある意味で危険であろう。したがって、奥野君が音楽に着目
したことは、この話劇を立体的にし、生きたものとしたとも言えるので、感心した。

もう1つ感心したのは、胡風宛の手紙（=『致胡風書信全編』）を利用したことである。
周知のように胡風と路翎は1955年の「胡風事件」で逮捕され、両者の手紙は没収され
た。しかし、それが却って幸いし、文革などの災禍から逃れることができ、2000年代
に公開されるようになったということである。こういう奇特な資料を探し出し、丹念
に読み込んだことに敬意を示そう。

だが、それとは別に、文革というものの社会上の影響の深さを、私は感ぜざるを得な
い。1949年の「革命」が持った破壊のエネルギーについては、あまりにも遠すぎて私
の想像力は今では及ばなくなっている。だが1960年代からの文革という「革命」のエ
ネルギーについては、まだいささかの想像力が及ぶのである。そのエネルギーは必ず
しも好ましい働きをしたとは限らず、負の側面ばかりが今では目立つが、当時におい
ては絶対に正しいものと推進され、称賛されたのであった。そういう渦中に巻き込ま
れ、多くのものが破壊された。「壊さなければ立たず」というのが推進の理念であった。
壊すことの過去からの決別という意味合いが、肌にしみこむようにしなければ、「革
命」ではないのだろう。今のISの行動もそういう意味で理解できるが、これを好まし
いものとして受け入れるかどうかは、また別の事だ。今の私はもう「革命」を好まし
いと感じて行動する精力はなくなった。

権力の中枢にあればこそ、反革命のものも研究できるという問題を提起していたのは高
橋和巳先生の小説であったと思うが、路翎の手紙も当時の権力の手に握られていたか
らこそ、現在見ることができるのである。なんという事の成り行きであることか！

もう1つの、長内さんの論文は、まさに文革中の事を扱っている。ピアノ協奏曲『黄
河』は1969年、江青らの党中央の指示で『黄河大合唱』（冼星海作曲、光未然（=張光
年）作詞）を編曲して生み出されたものである。作者は「中央楽団集団創作」とされ、

回生晏語　————　035

個人名はなかった。ところが、1995年に中央楽団の中心メンバーであった殷承宗がアメリカで『黄河』の版権を登録した。殷は、儲望華、盛礼洪、劉荘の計4人の名前で登録した。そこで、「中央楽団」が抗議をしたが、1996年に中央楽団は解散してしまった。この版権を巡る紛争から、長内さんは、「集団創作」とはなんであるのか、その実態はどうであったのかという問題を追求する。そして彼女は、文革中の党中央が作品の細部まで介入し、1楽章の形式から旋律の調べまで踏み込んで変更させたり、追加削除していた実態を解明した。中国語と英語の資料を読みこなして、音楽という目に見えない世界の動きを捉えたことに賛意を示そう。ただ、彼女自身も言うように、なぜこの『黄河』だけが文革後も残り、多くの聴衆が賛美し拍手を送っているのかが、もうひとつわからなかった。「この楽曲に何らかの魅力があり、内外の聴衆に訴求している結果であろう」では、少し弱いのではないか。

私は、音楽が苦手である。でも、せっかく殷承宗が『黄河』を演奏している旧版がみられるというので、YouTubeで見てみて、びっくりした。そこには、まさに文革の青年がいたのである。まず、殷の巧みな手の指の裁きに感心した。そして、笑顔1つ見せない気難しい顔の若者の顔に感じいった。眉間にしわを寄せているようなぎゅっと結んだ生真面目な顔。第2楽章の「黄河頌」の出だしのゆったりとした伸びやかな音を指揮の李徳倫がタクトを振るうが、殷は大きな息を吸う態度にも緩みのない引き締まった顔なのである。「あぁ、文革の顔だ」と私は何の根拠もないくせに、思わずつぶやいた。正義と正直にあふれた硬い顔。正しさにゆるぎない、押しつけがましい顔に、感じ入ったのである。

この顔を見て、版権を登録した殷には私欲があったとは思えなかった。融通の利かない生真面目な青年が、自分の作曲した（関与した）ピアノ協奏曲を演奏するたびに、500ドル要求された資本主義のルールに抗するために版権を登録したというのも首肯できる。したがって殷は自分一人の名前で登録したのではなかった。こういった清潔感が私にはピアノ協奏曲『黄河』に流れているような気がした。見ていて、好ましくも面白くもないと言えば言えるのだが……。

・**facebook.** (2016.02.01)

今年も三恵社から、私の名前入りのカレンダーをいただいた。2月のデザインを私は気に入っている。

　＊Kmori：いいですね。洒落てます。

＊邱羞爾：Kmori君、ありがとう！もう、山から帰ってきたのですね。疲れが出ませんように！

＊幽苑：相手に合わせて名前の部分を替えてあるんですね。さりげない心遣いですが、お洒落です。

＊邱羞爾：幽苑さん、ありがとうございます。もう帰国なさったのですか？元気でいてください。

＊幽苑：今日帰国しました。東京の書展に出品した上海の学生の賞状を預かっていましたので、それを渡した以外は、のんびりとオールド上海のホテルを楽しみました。今まで外から眺めるだけでしたが、本当に素敵なホテルでした。リフレッシュ出来ました。

• facebook. (2016.02.02)

今日は2月2日なので、吉田神社の節分の前夜祭の日だ。たまたま午後1時に吉田山に登ったら、竹中稲荷から1組の鬼が出陣するところであった。赤鬼、青鬼、黄色鬼の1組が、大元宮を通って、吉田神社へ下りて行く。途中、鬼たちは大きな唸り声をあげて子供たちを威嚇する。だいたい3歳ぐらいになる子供は、大声で泣きわめく。ギャーッという泣き声を聞くと、周りの大人はみなうれしそうに笑い声をあげる。私も思わず笑ってしまった。子供の泣き声が実に幸せに響くのであった。今年は、3組もの鬼たちが山から下りてきた。途中、幼稚園児に会うと、記念写真などを撮った。園児たちは怖さですっかり硬くなっていたが、だんだん慣れてきたが、硬くなって鬼から離れ先生のそばから離れないのが、また楽しく思えた。

山の上の竹中稲荷から出てくる3匹の鬼。午後6時に始まる追儺式の前に1時と3時にも出陣だ。

怖がる子もいれば平気な子もいる。左の園長さん(男)がいろいろ指図するが、右の先生(女)にみんな近づきたがる。黄色鬼になると、だいぶ慣れてきた。

写真の追加。私のこの欄は、どういうわけか、写真2枚しかアップしない。なぜなのかわからない。1枚だけ追加する。

回生晏語　037

II 2016年

・facebook．

(2016.02.04)

＊マウ：先生〜♪いまさらですが、届いてますよ(^-^)/
ありがとうございます！

＊邱羞爾：マウさん、久しぶりですね。連絡をありがとう。マウさんは旅に出ていたのですね。気持ちの上で遠いところに！東京の空がマウさんに優しかったでしょうか？今年の春節はもう直ですね。よい年を迎え、一歩飛躍してください。

＊マウ：先生お久しぶりです＾＾笑
連絡遅くなりました…
お正月は東京にいる母の所に行って参りました。
4日後は中国の春節なんです！
休み取って、中国に行く事なりました(^-^)/
先生も今年良い事いっぱいありますように

・facebook．

(2016.02.07)

＊文子：先生、私のフィードに投稿頂いてありがとうございます。
ですが、何故か表示されません。暮れにご本が届いたのですが、お礼のご連絡もしないままで、申し訳ありません。
このズボラな性格が、年々友人が少なくなっていく理由だと分かっていつつも、多くのものを抱えて、それを維持する為に必死になるより、本当に好きな人、好きなモノだけでシンプルに生きていきたいと思う今日この頃です。

・facebook．

(2016.02.07)

＊Yumiko：先生、映画のコメントありがとうございました。
そうですね、涙もろい方はそのつもりで行くほうがいいかもしれないですね。
映画は単純に子供誘拐だけでなく、一人っ子政策（最近二人っ子までゆるめられましたが）の弊害、貧富格差、親の介護、などなど、今の中国の社会問題がちりばめられてました。なかなかうまい監督さんでした。

＊邱羞爾：一人っ子政策1つをとっても、社会全体とつながる問題であることが

Yumikoさんの紹介でよくわかります。ありがとう。莫言の『蛙鳴（あめい）』（吉田富夫訳、中央公論新社、2011年5月）も一人っ子政策のことを描いていましたね。

・イワシの小骨 (2016.02.11)

私は昔から喉が弱く、よく魚の小骨が刺さったものだ。小骨が刺さると、母方の祖母が「とげぬき地蔵」のお札を持ってきて、これを一気に呑めと言う。お札は結構な大きさがあるので、私はなかなか呑めなかった。おまけに呑んだからと言って、小骨がすぐとれるものではなかった。いつまでも取れず、泣いたりしているうちに眠ってしまったり、時間が経って忘れるのだった。大きくなっても、小骨が喉によく刺さる。さすがにもう「とげぬき地蔵」のお札は呑まなくなったけれど、小骨は小さいくせにいつまでも気になって、いらいらする元となる。そのせいもあって、とれた時は、本当にすっきりする。私がかつて鼻の手術で京大病院に入院していたところ、同じ耳鼻咽喉科の入院仲間に、のどに骨が刺さったので入院している男がいたので、びっくりしたことがあった。彼は結婚式でタイの骨をのどに刺さらせてしまったのだそうだ。タイの骨は大きくて硬いから結局喉の一部を切り開いて骨を取り除いたそうだが、小骨だとて馬鹿にならないものだと強く思ったものだ。

さて、話は変わるが、新年になって杉本達夫先生からメールをもらった。やれうれしやと思って読むと、先生のイワシの小骨の事だった。先生も私と同じく小骨に気を付けている方なのだと思って、いささかうれしくなったが、とにかく、その骨を抜くための「とげぬき地蔵」をお呑みにならなければいけない。うまくとげが取れたかどうか……そう願うのみである。

~~~~~~~~~~~~~~~~~

「戦時のアメリカ本を戦後に読むこと」補遺 <span>杉 本 達 夫</span>

数年前、わたしは「戦時のアメリカ本を戦後に読むこと」と題する小文を書いて、その中で、1943年4月に桂林で、英文学者であり編集者である趙家璧が、スタインベックの小説『The Moon is Down』（邦訳題：月は沈みぬ）を翻訳出版した（『月亮下去了』）ことを紹介した。

その事実をわたしは、中国の雑誌『新文学史料』誌上の記事から知ったのであって、現物をこの目で見てはいない。が、アメリカでの原著出版の翌年に早くも生まれたこの翻訳が、中国では最初の翻訳であると思いこんでいた。

ところがそうではなかった。小文を書き、時が流れて後に気付いたのだが、桂林での出版よりわずかに早く、翻訳は重慶で読者の前に現れていたのである。しかも、そ

の翻訳の掲載誌が、わたしの手元にあったのである。あるのに見逃していた。何たる不覚であることか。

1943年、重慶で『時与潮文芸』が創刊され、日付通りであるならば3月15日に創刊特大号が出て、その冒頭に『The Moon is Down』の訳「月亮下落」が一挙掲載されている。訳者は馬耳。これが本名なのか筆名なのか、他にどういう仕事をした人物なのか、いまのわたしには分からない。訳文の前に編集者による、アメリカにおけるスタインベックの成果を紹介し、本作を今次大戦期の最高作と評価した前置きがある。だが同誌には、編集長が誰なのか、担当編集者が誰なのか、いずれの名も記されていない。

同誌は『時与潮半月刊』『時与潮副刊』を出して、広く世界の動向、とりわけ文化的情報を、国内に発信していた時与潮社が、新たに世界文学に主眼を置いて創刊した雑誌で、国内作家の作品とともに海外作品の翻訳を多く掲載した。スタインベックの作品はほかにも2，3篇訳載されている。創刊号には「月亮下落」に続いて、老舎の「恋」が載り、済南に残した書画への老舎の愛着を思わせている。

一は桂林の単行本、一は重慶の雑誌、ほぼ時を同じくして世に出たのであるが、重慶と桂林はあまりに遠く離れている。流通事情も今日では想像しがたいほどに劣悪である。刊行の段階で、両地の読者が二つの訳を並べて読むなど、まず不可能であったろう。重慶の思想統制が強化されて、身辺が危うくなると、左翼作家は多くが桂林に逃れた。そうした移動の際に、あるいは重慶の「月亮下落」が桂林に運ばれて、『月亮下去了』と対面することがあったかもしれない。そんな回想を読んだ記憶はないけれど。

前述のごとく、わたしは手元にあるものを見落としていた。気づいたときにすぐ書いておくべきであったが、喜び勇んで書くような事柄ではない。一日延ばしひと月延ばし、延ばし延ばししているうちに、忘れてしまいそうなので、ともかくこうして重慶での事実を記録しておいた。こんなことは書いておこうとおくまいと、世間様には兎の毛ほどの影響もない。ただ、自分にとっていささかの気休めになる、というだけのことである。

2016.2.6.

（補遺の補遺）

1．馬耳とは葉君健の筆名。

2．「戦時のアメリカ本を戦後に読むこと」という文章を書いたのは2011年5月4日で、『Munch』掲載は11年5月12日。12年3月刊の『古稀贅語』（16ページ）に収められている。

· facebook.   (2016.02.12)

金子わこさんから雑誌（『中国現代文学』第 15 号。2015 年 11 月 30 日。ひつじ書房。2000+ a 円）をいただいたのは、半月か 1 と月も前の事だったと思うが、昨夜やっと彼女の訳した馮驥才「木彫りのパイプ」を読んだ。

まず作者の名前からして「おやっ」と思った。なつかしいではないか。彼はいわゆる「新時期文学」の作家で、文革後のみずみずしい文学の旗手ともいえる存在の作家であったからである。だからであろうか、私には落ち着いて読める作品だった。それにしても、1979 年に発表されたときの新鮮さが、今や何か古めかしいのが面白かった。ほぼ 35 年いや 40 年近くも前の作品だからであろうか。

主人公の画家と庭師の老人のつながりが、朴訥としており、言葉も少ない。それでいて互いの心を忖度してわかり合おうとする。だが、主人公が老人の心に感じ入るのは、一方が亡くなってからというのが、いかにも古めかしいのだ。私は古めかしいからダメだと言っているのではない。むしろ、こういうドラマに私は安心して感情移入できるから、この作品は面白かった。

わこさんは、他の若い作家の作品を訳したいのだそうだ。そこで彼女は、その若い現代作家の文章をマスターするために、文革終息以後の「新時期文学」期の作家の作品を訳してみたのだそうだ。この態度に、わこさんの成長と本気を見て、私は感心してしまった。

2 月 8 日には、飯塚先生から『灯火（ともしび）2015——新しい中国文学』（施戦軍主編、飯塚容等訳。外文出版社。2015 年 11 月。277 頁。80 元）をいただいた。巻頭言「創刊に当たって」で、飯塚先生が述べているが、日中間の相互理解のために、『人民文学』の日本語版を作るという。そして、日中の文学交流の道を明るく照らす「ともしび」になりたいとのことである。14 編の小説と 5 編の詩が収められているが、それぞれの作者についての紹介もついている。ほとんどの作者が日本ではあまりよく知られていないから、この紹介も有益であろう。毎年 1 回発行とのことであるから、創刊号は少し厚く立派なものとなっている。

5 名の作家の小説が訳されている。わこさんの馮驥才「木彫りのパイプ」のほか、残雪の作品を近藤直子さんが訳しているが、鷲巣さんの「編集後記」によれば、近藤さんは昨年の 8 月に急逝されたそうだ。ご冥福をお祈りします。

飯塚容先生監訳の雑誌「ともしび」創刊号。

II 2016年

- facebook.   (2016.02.13)

13日（土）には、現代中国研究会の公開研究会があった。吉田富夫氏の「雪漠の最新長編小説『野狐嶺』」と、小林路義氏の「尖閣問題に見る中国文明の本質」とがあって、大いに勉強したが、そのことは機会があればブログに書くことにする。会が終わったとき、1人の青年が近寄って来て本をくれた。それが、山田晃三君で、出たばかりの彼の著書『北京彷徨 1989-2015』（みずわ出版、2016年2月8日、301頁、3,500 + a 円）である。

確かに、かすかに記憶があったが、はっきりしなかった。「終章」を読んで、あぁ竹内実先生がご存命の時に発表された、あの時の男だったのかと記憶が呼び覚まされた。確か中国語で書いた本の紹介をしたのだったな、と。「終章」には、竹内先生に褒めてもらったことが書いてあり、それで自信がついたと書いてあった。

北京に四半世紀住んだ彼のその折々のエッセーが詰まったこの本は、実に面白そうで、有益な感じがする。読み終わったら、感想を書きたい。

- facebook.   (2016.02.14)

今日は気温がぐんぐん上がって暖かいというより暑くなった。でも、予報によれば、明日の午後、京都は雪が降るという。異常気象なので、庭の梅も咲き出した。例年のことながら、梅が咲くのは心躍ることだ。

早くから、我が家の「金のなる木」が満開だ。経済の方も異常な状態にあるというのに、我が家の「金のなる木」の花が見事に咲いているのは、果たして善なのかどうか。

満開の「金のなる木」

ちらほらと一気に咲き出した白梅

· facebook.   (2016.02.17)

今朝からメールがおかしくなって受け取れなくなりました。なぜだかわかりません。た
だただ困っています。「Return-Path」という表示が出て、日付が「なし」になります。
そして、中身がわからないのです。どうしたものでしょうか？どなたか、ご教授くだ
さい。

　　＊利康：残念ながらその情報だけでは解決できません。身近な方で詳しい方に聞
　　かれた方が良いと思います。

　　＊邱羞爾：利康先生：コメントをありがとうございました。東芝に電話をしたの
　　ですが、夜遅くて通じませんでした。やむなく、FBに書いたのです。私には、何
　　が何だかわからずで困っています。利康先生のご指示に従おうと思っていますが
　　……。

　　＊善寛：どんなメールソフトを使ってますか？

　　＊邱羞爾：善寛君、コメントをありがとう。Outlookを使っています。

　　＊邱羞爾：利康先生、善寛君、お二人のご厚意に感謝します。先ほどやっと直り
　　ました。東芝のサポートに電話がつながり、1時間40分もかかって直りました。
　　zaqの設定を作り直したようです。ウイルスでなくてよかったです。ご報告と感
　　謝です。

　　＊善寛：無事解決したようでよかったです！

· facebook.   (2016.02.21)

今日21日は「京都マラソン」の日だ。時々太陽が出るものの、風が強くて寒い。
何と私の行く「森下ハートクリニック Team　MHC」の森下先生が走るという。そこ
で、「銀閣寺道」の40キロ地点に応援に行った。待てど暮らせど、MHCのユニホーム
を着た選手が見当たらない。やっとナースの「よしみ〜」さんがやってきた。うれし
くなって、家内はMHCの応援カードを張り付けた手製の旗を振った。
同じく道端の応援者の中にクリニックのナース（副主任）がいたので尋ねたところ、

回生晏語　――――　043

II 2016年

　Team MHC の6人の選手のうち森下先生を除いて、みんなもう走って行ってしまったと言う。いつもは早い先生は、今日は足の調子が悪くて遅れているとも言う。
　そこで、先生が来るのを2時まで待っていたのだが、姿が見えないし、寒いので、先生はリタイアしたのだろうと思って帰ってしまった。
　帰宅してPCを調べたら、森下先生は1時53分に「銀閣寺道」40キロ地点を通過したとあった。えっ、その時間なら応援していたのに……とキツネにつままれたような気がした。
　応援のもう一つの目玉であるナースの「やよい」さんの姿も捕まえられなかったし、残念な一日だった。

手製の応援の旗。「Morisita Heart Clinic」。　　銀閣寺道40キロ地点のナース(副院長)の「よしみ〜」さん。

＊幽苑：せっかく奥様は旗まで用意されていましたのに

＊邱羞爾：幽苑さん、コメントをありがとうございます。こちらの今日は、やることなすこと「daomei倒霉」な日でした。

＊幽苑：先生、そういう日もありますよ。

・facebook. 　　　　　　　　　　　　　　　　　　　　　　　(2016.02.23)
　今日は、「結婚します」という便りをもらった。
　近頃、「結婚します」とか「結婚しました」という便りをもらうことがほとんどなかったので、うれしい便りと言える。
　しばらく着ていない背広を出さねばならないかなぁと思う一方、ズボンの腹回りが入るだろうかと気になった。

＊REika：先生(*^〜^*)　お久しぶりです。お元気ですか？

先日、本が届きお礼のメッセージをfacebookで送ったのですが、届いていなかったでしょうか？わざわざ送っていただき、ありがとうございました(o´∀`o)

＊邱羞爾：REikaさん、お久しぶりです。お礼のメッセージなんて届いていないぞ！どうしちゃったのかな？君は元気でいますか？気にしていました。

＊REika：先月メッセージしたのですが、やはり見れていなかったんですね(๑´ㅁ`๑)なぜでしょうか。私は特に変わったこともなく、ずっと元気にしています！

＊邱羞爾：それは申し訳ないことをしました。昨年末に私はPCを壊して、新しいPCに変えましたから、それが原因だったのかもしれません。君が元気で、彼と楽しくやっているのであれば、とても良いことです。

＊REika：いえいえ、こうして連絡が取れて嬉しいです！
彼とは仲良くやっています！ありがとうございます(^-^)

・**facebook.**　　　　　　　　　　　　　　　　　　　　　　　　(2016.03.02)

２月末からパソコンで時間を取られていた。と言っても、マシな仕事をしていたわけではない。ワードのページ設定でA4が出ないなどということで、まる２日間もかかった。また、ワードの設定で、これも一日かかった。おまけに設定が変わったので、またまたパスワードだのアカウントだのを設定しなおさなければならなくなったりした。機械は（今はPCだが）スムーズの時はとても便利だが、いったんズレてしまうと、こんなにも面倒くさいものなのだ。東芝のサービスセンターに何度も電話をしたが、いつも丁寧に対応してくれるけれど、肝心のPCがしょっちゅう故障する。

＊幽苑：新しいパソコンに不具合が続き大変ですね。

＊邱羞爾：コメントをありがとうございました。今日もまたまたアウトルックがつながらない故障です。

＊マウ：パソコンって難しいです´д`；　どこの買うかも迷っています…

回生晏語—————045

II 2016年

＊邱羞爾：PCのような機械は当たりはずれがありそうです。私のような不器用な者に限って、よくはずれが当たります。機械に慣れている人ならば、うまくいくのではないでしょうか？

• facebook.

(2016.03.04)

3月3日の午後、京都府立府民ホールALTIへ、「第26回国際交流チャリティーコンサート」を聞きに行った。副題として「女性と女児の生活向上を」とあり、「ボン・レーヴ いい夢を」とあった。中身は、野村エミのシャンソンである。中村力のピアノ、井高寛朗のシンセサイザー、小林俊介のパーカッションである。

野村エミさんは、小さな体ながらボリュームたっぷりの声で聴衆を魅了した。歌が勝負であるが、構成というか盛り上げ方がスマートであって面白かった。シャンソンだから「パリの空の下」などで場を作り、「男と女」などでは、私には懐かしい時間の思い出を作った。そして「甘いささやき」では、ささやきをピアノの中村力にささやかせ、それでは物足りないと、本物の背の高いアラン・ドロンのような若いフランス人にささやかせた。舞台で三角関係を作ったので、一気に場内は笑いの渦となり、和やかな雰囲気になった。そこで、「オー・シャンゼリゼ」をみんなで歌うようにしたのだ。客はほとんどが女性であり、かなり平均年齢が高いが、元気に合唱したといってよい。そして第1部の最後に、「Ale Ale Ale」（村上エミ作曲、村上エミ・森山良子作詞）と年を取って物忘れが多くなったことを歌にしたものをうたい、すっかり聴衆を引き込んだのであった。

私は歌が苦手であるし、シャンソンなんて特に気障で好きではなかった。でも、甘いフランス語のささやきなどを聞いていると、若い女性がそばにいるような気になったりした。かつて、コロンビア・トップ・ライトが「シャンソンは心の雄たけびだ」などと言って笑わせてくれたものだ。高英男（こう・ひでお）の「雪の降る街を」などをラジオで聞いて、若かった母が夢中になっていたことも思い出す。シャンソン歌手の高が歌ったからシャンソンだとずっと思っていたが、内村直也作詞、中田喜直作曲で、山形での雪の降る街であると知って驚いたことがある。

第2部も楽しい盛り上げで終わった。アンコールに「見上げてごらん夜の星」をうたったが、多分これは永六輔作詞、いづみたく作曲で、坂本九が歌ったものだろう。いずれにせよ、暗いバックに星が光って幻想的だった。小柄な野村エミさんは1時間半ほ

ど一人で歌いあげた。ボリュームたっぷりな声での歌唱力と、落ち着いたユーモアにはすっかり感心した。

· **facebook**.　　　　　　　　　　　　　　　　　　　　　　　　(2016.03.05)
とうとう本格的な花粉症になった。
まずくしゃみが出だし、目がかゆくなり、一昨日にはのどが痛くなり、今日など血が出た。そして鼻がグジュグジュし出した。
私は何の防御もしていない。散歩のときもマスクなどしないで、むき出しのままだ。帰宅しても服を払い落とすわけでもない。うがいも手洗いもしていない。それどころか、布団も干して外に出しっぱなしだし、もちろん洗濯物も同じく外に干す。
それでも、今年は去年よりも少し遅い。眼医者だ、耳鼻咽喉科だと医者に行きたくないから、今日まで我慢していたが、とうとう「年貢の納め時」が来たのかもしれない。何となく体がだるいのも、きっと春のせいではなく、花粉症のせいなのだろう。
世は今日が「啓蟄」と言って、春が近くなったのを喜んでいるが、そして、気温も上がり天気も良くなってきたが、私は必ずしも喜べない。

· **facebook**.　　　　　　　　　　　　　　　　　　　　　　　　(2016.03.07)
朝から医者通いだった。リハビリに行ったあと、耳鼻咽喉科の医者に行った。これがなんと、２時間近くかかってしまったので、午前中が終わってしまった。夕方、今度は眼科に行った。ここも混んでいて、１時間半かかった。どこもかしこも、花粉症の患者が多い。先週の土曜日が一番苦しかったが、きょうはまだマシだ。

· **facebook**.　　　　　　　　　　　　　　　　　　　　　　　　(2016.03.08)
今日は、瀬戸宏博士から大部な本をいただいた。『中国のシェイクスピア』（松本工房、2016年2月29日、319頁、4,200＋α円）。
すっきりとした題名に、今まで誰もやらなかった研究の輝かしい成果が見て取れる。日本や香港、台湾などにも少しだが触れているので、大変役に立つ本だ。松本工房の前社長との16年前に約した本の出現に、瀬戸博士の苦労を思い、心から拍手を送ろう。

Ⅱ 2016年

・facebook.

京都市美術館(岡崎公園)。

(2016.03.09)

今日は雨で気温も下がってきたけれど21日までの展示だというので、モネの「印象、日の出」を見に行った(京都市美術館)。よかった、とてもよかった！他の作品と違ってこの作品は光り輝いていた。モネといえば「睡蓮」だが、今日の展示では、それほど良くはなかった。最晩年の作品として、「日本の橋」や「しだれ柳」があったが、感心しなかった。色を塗りたくっているだけのような感じで、しかも色使いがきれいではなかった。やはりモネはぼんやりともやがかかっているほうがよい。同じ「睡蓮」でも、そういう睡蓮のほうがよかった。

ついでに、「志村ふくみ―母衣への回帰」(京都国立近代美術館)も見てきた。入口にあった「母衣曼荼羅」は圧巻であった。平成28年制作というから、つい最近作ったものなのだ。それでも、色と言い、型と言い、素晴らしい。「梔子熨斗目」もよかったが、やはり色の薄い方が私の好みに合っているようだ。

京都国立近代美術館(岡崎公園)。

　＊Kiyo：モネは私も大好きですよ！
　私は手織りと染めを習っています。志村ふくみさんは私の先生の憧れの方です
　東京の9月の展覧会は是非見に行きたいと思っています

　＊邱羞爾：Kiyoさん、コメントをありがとうございます。モネの「印象、日の出」は、京都では21日までの展示なのです。それを知って急いで行ってきました。Kiyoさんが「手織りと染め」を習っているなんて知りませんでした。きっと素晴らしさを見つけることでしょう、9月が待ち遠しいですね。

・facebook.

(2016.03.13)

今日はうれしい贈り物をいただいた。「芳藤林読曲会」編訳の『中国古典名劇選』(東方書店、2016年3月10日、424頁、4,200＋α円)だ。

若き俊邁たちのすがすがしい成果を見るのは、実にうれしい。前から気になっていた、そして西洋でも有名な「趙氏孤児」など10篇の名劇が訳されている。

048

・**facebook.**　　　　　　　　　　　　　　　　　　　（2016.03.13）

このところ、のどが痛くてたまらない。医者に診てもらったところ、花粉症に風邪が加わったのだそうだ。それで、薬を飲んで朝昼晩と寝てばかりいる。お陰で少し良くなった。
家内がせっせと水などをやって面倒を見ていたデンドロニュウムが満開になった。これは2年前の家内の個展の祝いに、ヒー公からいただいたものだ。2年もたつのによくぞ咲いたものだ。

2014年4月にヒー公からいただいたデンドロニュウム

＊幽苑：見事に咲きましたね。　季節の変わり目、くれぐれもご自愛ください。

＊Yumiko：花粉症、つらいですよね。　私も重症です、薬が全然効かなくて。
先生はプラスお風邪でしたか。　どうかお大事になさってください。

＊邱羞爾：幽苑さん、コメントをありがとうございました。数えてみたら、52輪も咲いたのです。植物の生命力には感心させられます。

2016年3月13日のデンドロニュウム　52輪の花が咲く

＊邱羞爾：Yumikoさん：コメントをありがとう。同じ花粉症と聞くと嬉しくなります。今はただひたすらに寝ています。Yumikoさんは寝てばかりはいられないでしょうが、なるべく体を休めるようにして頑張ってください。

＊うっちゃん：お気をつけて下さい。

＊邱羞爾：うっちゃん、ありがとうございます。毎日寝ているのでだいぶ良くなりました。今日はこれからリハビリに行きます。うっちゃんこそ、世界を飛び回っていますから、体に気を付けてください。

Ⅱ 2016年

・若者

(2016.03.13)

のどが痛くてたまらないが、花粉症の薬をすでにもらっているので、耳鼻科ではなく内科の医者に診てもらうことにした。幸い熱はないのだが、懸壅垂（口蓋垂と最近では言うらしい）が腫れ上がってしまった。のどをやられると長引くのが私の風邪の特徴だから、とにもかくにも布団に入って寝ることにした。午前にも午後にも寝て、夜も早めに寝た。肝心の夜中がどうもよく寝られないのだが、やむを得ないことだろう。熱があるときみたいに瞼が腫れぼったくて目がかゆい。鼻汁がやや収まっているのが幸いだ。

こうして布団にくるまっているときに、関大文学部の『文学論集』第65巻第3，4合併号が来た。驚いたことに、9人の執筆者のうち4人は見知らぬ人だった。退職して丸3年が過ぎ、4年目を迎える。そこへ、『中国古典名劇選』なる本が届いた。後藤裕也、林雅清、西川芳樹の3名の編訳による東方書店からの本だ。2016年3月10日発行というから、つい最近出たばかりの本で、印刷のにおいが漂う感じの若々しく、清々しい本だ。彼ら3人は30代から40代前半の青年だ。いや、本当は中年というのが正しいのかもしれないが、中国語で言っても「青年」の世代。井上泰山先生の門下生だから、1世代も2世代も下になる。若い彼らの本の出現は、あたかも岩波の中国詩人選集が出版されたときのような驚きを私に感じさせた。

新しい力が雨後の筍のように育っているのだ。そうでなければならぬ。いつまでも年寄りがのさばっていてはいけない。年寄りは、では、何をすべきなのだろうか？ 私は何の考えもないけれど、できることなら若者をこの様にたくましく育てあげたい。上の3人は自ら「芳藤林読曲会」なるものを立ち上げて、合宿して読書会を開いたそうだ。何年も研鑽による原稿がたまったままになっていたのを、「橋本循記念会」が出版の援助の手をさし出してくれたそうだ。難しい条件などを言わずに助太刀をするこういう財団がいっぱいあるとよいのだ。これは格好の例であろう。

毎日の世俗のニュースが伝えることは、あきれてものが言えなくなるほどのばかばかしくやり切れない事柄が多い。内申書にあろうことかやってもいない「万引き」をしたなどと書かれ、進学したい高校に受からないようなことを言われて自殺したなどというニュースがあった。やってもいないことを内申書に書くということが第1の問題点だ。機械のミスであったそうだが、人がそれを判断するにあたって本人に確かめなければなるまい。たとえ確かめて過去に万引きをしたところで、内申書に書くべき事柄なのか、私は疑問に思う。いや、私なら書かないだろう。本人との話し合い如何によるけれど、基本的には、私はこんなことが常習でないならば、書かなかったと思う。

内申書に書くべきことは、本人のどこが優秀で、どういう点が良い所かをまず書くべきことなのだと思う。そして、人は成長するし、変わりうるものだという考えに立つならば、欠点などを重要視しないで、可能性を大事にするのが教育の本筋だろう。私個人だって、どれだけ狡いことをやらかし、うそをつき、小悪なことをしてきたことか。ただ、私は死にはしなかった。中3の生徒が自殺したから、問題が明るみになったにせよ、私は彼に死んでほしくはなかった。とてもつらいことであることはわかるが、やはり死んではいけないのだ。どんな時でも粘って生き抜くことを教えるのが教育なるものの基本だからだ。強く生きることを、そしてできるだけ明るく生きることを教えるのが教育である。それは教師だけではなく家族も社会も世間も何もかもそう教えるべきことなのだ。それを今の私たちは忘れているような気がする。

・facebook.　　　　　　　　　　　　　　　　　　　　　　　(2016.03.20)

19日に、「天空の城・竹田城」に行った。日本野鳥の会京都支部の企画にもぐりこんだのだ。小雨の降る朝の7時40分に京都駅八条口に集合して2時間半ほどバスに乗って、まず「夜久野（やくの）玄武岩公園」につき、切り取られた玄武岩を見た。続いて、本命の「竹田城」だ。天空の城というだけあって山のてっぺんにある。上りはたいへんきつかった。でも、何とか上り切った。天空の城を一度は見たかったからだ。霧雨で視界は悪く、思ったほどロマンチックではなかったが、とにかく上ることができた。時間がないので急いで降りなければならなかったが、これが大変だった。ガクンッ、ガクンと膝に来るので、足が動かなくなってしまったのだ。下りは上りより楽に見えて、直接足に響く。歯を食いしばって、傘を杖に仕立てて、なんとか時間通りに戻ることができた。思うに、こんなところをどうして攻めようとするだろう。さらに、何を守ろうとして、こんなところに城を（山塞に過ぎなかったようだが）作ろうとしたのだろう。私の理解しがたい権力のあり方がここにはあるのであろう。次に豊岡の「コウノトリの郷」に行った。田んぼの中に電柱のような棒が立っており、その上に巣が1つあり、つがいのコウノトリの一方が卵を温めていた。飼育されているゲージの方では、ちょうど餌時になり、飼育されている7羽のコウノトリ以外のコウノトリもやって来て餌を食べた。そのうち餌を食べていた中から1羽が飛び去って、田んぼの中の電柱で卵を抱いているコウノトリと交代した。卵は、5月か6月ごろ孵化するだろうとのことであった。

バスは夜の7時半ごろ京都駅に戻った。幹事役が3人ついていてくれて、世話をしてくれ、とても快適な日帰り旅行であった。野鳥の会が主催しているのであるから、43人

Ⅱ 2016年

もいたほとんどは、鳥を見たり、鳴き声を聞くのが主であるが、私は「天空の城」を見るのが目的で、今のひどい体力でも、とにかく上ることができたので、満足であった。

夜久野の玄武岩

天空の城・竹田城を歩く

写真の追加 竹田城跡

電柱のような棒の上で卵を抱くコウノトリ

午後3時過ぎ。飼育されているコウノトリ7羽に、餌を求めてやってきた野のコウノトリ（餌の時間を知っている）

＊Hoshie：先生竹田城行かれたんですかー？私も明朝行きます（^o^)/

＊邱羞爾：Hoshieさん、竹田城は良いですよ。シャトルバスに乗って（あるいはタクシーで誰かと相乗りして）、着いたところから大門まで800メートルあります。結構つらいですよ。また、帰りの階段が厳しい。帰りはタクシーに乗ってはダメです。遠回りで値段も高くつきますから。よい写真をアップしてください。

・バス旅行
(2016.03.22)

先日、久しぶりに貸し切りバスに乗って日帰りの旅行をした。日本野鳥の会・京都支部の企画にもぐりこませてもらったのだ。私は野鳥に興味がないわけではないが、わざわざ山野に出かけて姿を見たり、鳴き声を聴こうとは思わない。TVの番組で十分だ。でも、企画の中に、「天空の城・竹田城」見学があったので、喜んで申し込んだ。後で知ったが、BOSSのTVコマーシャルに出てくる城だ。ほかには、「夜久野（やくの）玄武岩公園」と「コウノトリの郷」見学があった。

初めての参加であるのに、朝、遅刻してしまった。集合場所がわからずマゴマゴしてしまったからだ。でも、出発の時間8時に遅れたわけでもないので大事には至らなかった。バスは座席が決まっていたので楽であった。総勢43名とのこと。3人が案内役の指導者というわけだ。バスの運転手が割と若い女性であったのが意外だった。

感心したのは、案内役の一人Nさんの要領よい説明と案内だった。彼はなかなかの博識で、特に戦国時代の大名たちの動きをよく知っていた。Sさんは女性で、会計から総務のことをテキパキとこなした。彼女は最後に行なった「鳥合わせ」で数多くの鳥の名前を挙げて、「見た」と言った。私などはカラスやトンビぐらいしか見ていないのに、私の名前の知らない鳥まで見たと言う。さすがに野鳥の会の事務局員らしかった。大きな双眼鏡を持っていたのも納得がいく。乗客のほとんどは野鳥の会の会員だから、立派なカメラと双眼鏡を持っている。私のように、デジタルカメラで、双眼鏡をSさんから借りる者は他にはいなかった。

案内役の快適でユーモラスな案内で和やかなバス旅行の出発となったのだが、私は実はトイレに行きたくてしょうがなかった。バスに乗る集合に遅れそうになったのでトイレに行っていなかったのだ。最初の休憩が、夜久野の玄武岩公園となり、2時間20分の我慢であった。昨年、前立腺癌の放射線治療をした時の我慢の訓練があったので、今回も何とか我慢できたが、いささか苦しかった。玄武岩は大きくて、雨模様の空の中に切り立った崖となって出現し、なかなか感動的だった。昔、玄武洞の岩を見たことがあったが、規模はあれよりも小さいながら、こちらはきれいな公園と相まって、すがすがしい感じを受けた。ボランティアの人たちが公園をきれいにしていた。3連休になる初日だからかもしれない。

そこから30分ほどで、天空の城・竹田城の入口に着いた。入口と言っても、まだシャトルバスかタクシーで山城の麓まで行かねばならない。私は自分の体力を考えてバスかタクシーに乗ることにしていたが、シャトルバスが行ったばかりで、やむなくタクシーに乗ることにした。ちょうど、野鳥の会のご夫婦が1組いたので、相乗りでタク

回生晏語 ——— 053

シーに乗った。乗って、ワン・メーターで山城の麓に着いた。ここから歩きの始まりだ。山城の大門まで800メートルの上り坂だ。アスファルトに舗装された道なのだが、私はとにかく歩くのが辛い。もうすぐにフーフー言って、足が小幅になる。やっと大門の受付に着いたが、この大門からが、いよいよ本番の城上りだ。坂道の泥を流れ落ちないようにと、黒い幕で覆ったそうで、その黒い階段状の道を上るのだ。私の歩きではこの上りだけで、かなりの時間を費やしてしまった。バスの集合は、12時40分下山で、1時10分出発だ。

下りに時間がかかるからと思って、天守台に上るのをあきらめようとしたら、「ここまで来たのだから上って来なさい」と、後から歩いて来て私を追い抜いて行った野鳥の会の人が言ってくれた。彼は私の前の座席に座っていた人だ。そこで、天守台に上り写真を撮ってすぐ降りた。景色を見て感慨にふける気分ではなかった。雨は幸い霧雨のようで、視界が悪いわけではなく、むしろ煙った雲がいかにも「天空の城」の背景となっていた。

下りは、城からの裏道となっている急な階段状の泥道を降りるのだが、それが足にガクン、ガクンと響き、痛くなってきた。膝小僧の手前の大腿の部分が痛くなり、足が思うように動かない。歩みは一層遅くなり時間に追われて、泣きたくなるほどだ。普通の人は何でもないように私を追い抜き、子供を抱いた人や、子犬を抱いた人までがさっさと私を追い抜いて行く。さらには、小学生にもならぬ子供までが追い抜いて降りて行く。私は雨傘を支えに、フーフー言いながら降りるのがやっとだ。すると、「私も初めて参加したのです」と言う女性が声をかけてきた。だいぶお年を取っていたが、かつては登山をしていたが、急に歩けなくなったので、野鳥の会に誘われて参加したとのことであった。彼女は私の足に合わせて歩きながら、帰りを一緒にしようと言ってくれた。

シャトルバスの停留場に来たら、「今、シャトルバスは行ったばかりだ」と言う。ここから更に歩いてタクシー乗り場までいかねばならない。これがまた辛かった。先ほどの女性と相乗りでタクシーに乗ったが、帰りは一方通行のために大回りで、往きの3倍も料金を取られた。でも、幸い出発の時間前にバスに戻れた。バスはすっかり打ち解けた雰囲気になり、飴やチョコレートが回って来る。遠慮なく食べたが、私は甘いものを食べてはいけないはずだった。

コウノトリ公園は豊岡市にある。絶滅から復活へと地域を挙げて大変な苦労を重ねている。昔は飛来する渡り鳥を「鶴」と間違えていたそうで、コウノトリとわかったのはそんなに古くからのことではなかったようだ。乱獲や農薬などの影響で絶滅に至ったと言う。今は、兵庫県立大学の院生が研究し世話をしている。10分ほどの説明を聞

いたが、なかなか面白くよくわかった。

バスの駐車場の真向いの田んぼの中に、電信柱のような棒が立っていて、その上に巣があり、1羽のコウノトリが卵を抱いていた。やや離れたところに飼育場があって、そこを見学しているときにちょうど餌の時間になった。飼育員が餌を撒くと、飼育されている7羽のコウノトリは勿論、他のコウノトリもやって来て餌の魚を食べる。10数羽にもなったろうか。トンビも飛んできて餌を狙い、カラスもやって来る。鳥たちの飛翔が見られる。1羽のコウノトリが餌場の池から飛び去り、先の田んぼの電信柱の上の巣に降り、卵を抱いていたコウノトリと交代した。今度はこのコウノトリがゲージ内の池に飛んで来て餌を食べる番なのだ。羽を広げると2メートルにもなるコウノトリの勇姿を見たので、満足だった。

バス停があって、そこに市バスがやってきた。なんとその市バスは旅行鞄の形をしていた。豊岡市は、もともと「柳行李（やなぎごおり）」が有名で、今はカバンで世界に名を馳せている。途中、「カバン・ストリート」があったほどだ。

帰りはバスが9号線で渋滞に少し巻き込まれたので、遅くなったが、ほぼ予定通りの帰宅となった。全員無事で事故もなく、快適に旅行できた。「日本野鳥の会・京都支部」に感謝する。

私はすっかり痛くなってしまった足を引きずりながら家に着いた。でも、多分これでも週1回リハビリをしていたから、竹田城跡を上り下りできたのであろう。山道は往復2.2キロと言う。私のいつもの散歩は平坦な道を歩いていて、今日のような山道や階段ではないから、使う筋肉が違ったのであろう。そういえば私は家の階段でさえ、手を突いたり、壁を支えにしてやっと上れるくらいなのだ。リハビリの、ある女性指導員が、「山登りもそうだが、バスに長時間座ったままなのが心配だ」と言ってくれたが、坐骨神経の部分が痛くなったり、足が攣るようなことがなかったので良かった。

これから更に足腰を鍛えようと思うが、2日経っても痛いので、とりあえず、この痛さが引いてからだ。

・**facebook**.   (2016.03.24)

今日、重厚な本をいただいた。

内田慶市・氷野善寛編著『官話指南の書誌的研究』（研文出版、2016年3月15日、796頁、7,000+a円）である。

これは、中国語教育史の出発点にあたる書物の基礎的研究であるから、私などには「猫に小判」の本である。何も研究していない私なんぞにはもったいない本である。でも、

II 2016年

分厚い、そして多くが無機的な数字が並ぶ、この本を手にしてみると、「学問」という香りが漂ってくる。うれしい本ではないか！中身は大きく「研究編」と「資料編」そして「影印本文」の3部に分かれている。研究編の「第1章『官話指南』の版本」を流覧すると、"内田慶市架蔵"とか"氷野善寛架蔵"などと出てくるではないか。また、"氷野の調査による結果"などとも出てくる。2人が日本の各図書館は勿論、中国からヨーロッパへ調査に行ったことが思い出される。研究とはまず、足で訪ね歩くものであり、実物を手に取ってみることから始まることを、この資料の羅列が伝えてくる。あえて言えば、「索引」の無機質な数字を眺めていると、こんなことを丹念に積み重ねることから学問が始まることを——あの氷野君が氷野博士になった経緯を——思い起こさせるのである。また、内田博士の論の展開も痛快である。まだ、ほんの一部を覗いただけに過ぎないが……例えば、こんな風にである。

"しかしここで一つの疑問が生まれる。なぜ日本人が著した『官話指南』が当時の中国人を対象とした教育に用いられたのか、1882年に刊行された『官話指南』が当時の「北京官話」を忠実に表現した会話書であったためであると考えることができるが、果たしてそれだけの理由なのか。この点について次章で検証したい。"（65頁）
重厚で楽しい学問の本を、ありがとう。

・facebook. (2016.03.30)

今日は、上部消化管内視鏡検査と、大腸内視鏡検査の2つの検査をした。
昨年来、便に潜血が混じっているので、医者の紹介により、別の街中の医者で検査を受けた。
胃も腸も空にしなければならないので、前日から食事の制限や下剤の薬で、私には大変な仕事であった。2日間かかったと言っていい。
胃の方は、15年ほど前に胃カメラを飲んだと思う。今回は、鼻から差し込む方式であった。大腸の方は、これで3回目の検査だが、そのたびに進化している。
私はこれまで随分と検査や入院で医院や病院の世話になっているが、今回はまるでホテル住まいのような個室で準備ができ、楽であった。テレビや暖房に、もちろんトイレ付きである。検査が終わって戻ってきたら、お茶とお菓子（どら焼き）がお盆に乗って待っていた。これが実においしかった。

＊へめへめ：本当に良かったです!!

＊邱羞爾：へめへめ先生、ありがとう。

＊うっちゃん：良かったです。

＊邱羞爾：うっちゃん、ありがとうございます。

• facebook. (2016.04.01)

4月1日は用事があって、神戸に出かけた。あいにく小雨が降る中、乗り換えを2回して、阪神「岩屋」駅に着いた。梅田までは阪急電車だったので、途中「淡路」を通った。随分と思い切った工事をしているようで面変わりしていた。

岩屋駅から港のほうに歩いて「兵庫県立美術館」に行った。『生誕180年記念　富岡鉄斎——近代への架け橋——展』を見た。

文人画家というから私は予断と偏見を持っていたが、鉄斎の画には"動"への希求があることがわかった。盆踊りを描いたものは勿論、「蝦夷人図屏風」も踊りを描いているし、「蘭亭曲水図」だって、人が少なくない。私が特に興を引かれたのは「三津浜魚市図」だ。この図には、漁より帰った船に大勢の人が集まり魚を我先に買い付けようとしている人々が描かれている。私には、1980年代前期の北戴河での魚の取り合いを思い浮かべさせて、あの時の喧騒が蘇（よみがえ）るようであった。

鉄斎の展示の中では、なんといっても「富士山図」が良い。とりわけ裾野の青緑の色が良い。私には、この静謐な富士山の像に、静けさだけでなく、内に秘めた激しい"動"を感じた。それは鉄斎の画の中にある青緑の色がそう感じさせるのだと思った。

　　＊幽苑：兵庫県立美術館まで行かれるのは大変でしたね。私も今月友人と行く予定にしています。生誕150周年⁉だったと思いますが、京都国立博物館での展覧会、また身近では鉄斎美術館でも鑑賞しています。今の日本の水墨画は画賛を入れませんが、鉄斎の作品はその画賛が良いです。たくさんの鉄斎の作品に出会えるのが楽しみです。

　　＊邱羞爾：幽苑さん、コメントをありがとうございます。さすがに幽苑さんは鉄

II 2016年

斎に造詣が深いですね。私は近頃目が良くなくて、展示の説明の字があまりよく見えないので、「賛」を読むのが辛いです。

- facebook. (2016.04.02)

4月2日、京都梨木神社（なしのき・じんじゃ）で、るり子さんの結婚式があった。私は保証人のような立場で、実は見物人として参加した。キリスト教ではなく、日本の神前結婚は初めてであったから、そういう意味で有益であった。祝詞をあげるのは当然として、2人の誓いの言葉まであるには、思わず笑いがこぼれた。晴れ間が出て、良いお日和であったのが2人のこれからの幸（さち）を祝福するような気持がした。私は、るり子さんの相手の方がどういう方で、いつどこで知り合ったのかなど、何も知らない。ただ梨木神社が家の近くだから参加したのであった。私の拙い経験からして、結婚は体力だから、疲れた時にどれだけ相手のことを思いやれるかが問題になる。いつまでも思いやりの精神で過ごしてください。

うまい具合に、るり子さんよりはいくつか先輩にあたる智恵さんも来ていたので、式が終わってから桜の下で写真を撮ってから、家に呼んだ。彼女はいつも通り遠慮せず、酒も好きだから、るり子さんの結婚を祝して、ビールや紹興酒や白酒（ぱいじゅう）で乾杯した。ほんの一杯ずつだったけれど楽しく飲み、且つ食べた。

誓いの言葉を読み上げる2人　　　式が終わって新郎新婦と

＊Shigemi：「結婚は体力です」は至言です。

＊邱羞爾：Shigemi君、コメントをありがとう。結婚は体力（＝人生）、山だって体力（＝人生）でしょう？

- **facebook.** (2016.04.03)

世は桜の満開でどこも人でいっぱいな京都である。桜もよく見るといろいろな種類があって、それなりにきれいだ。でも、いささか食傷気味ではある。
ふと見たら、家の細い庭に「シナモモ」が白い花を咲かせていた。これもよいではないか！

- **杉本先生の「補遺と付記」** (2016.04.05)

杉本先生は生真面目な先生だから、「イワシの小骨」がのどに刺さったら、きれいに取れるまでなかなか心が安らまない。そこで、また「補遺と付記」を送ってくださった。２月11日に「補遺」の方はすでに掲載しているが、私だって真面目であることは真面目なのだから、「イワシの小骨」の気持ち悪さはよく承知している。そこで、ここに先生の「補遺と付記」を再度掲載する次第である。

私にとってうれしいことは、杉本先生も花粉症で苦しんでいるそうだ。誰かが花粉症だと言うと、私は実にうれしくなる。まるで「わが友」がいるような気えさえするのである。杉本先生は、「わが友」どころか「わが師」でさえあるので、御畏れ多いことではある。その証拠に先生は次のような句を送ってきてくれた。
"「地獄絵に花粉地獄を加えたし」、ついでに「老いるとはかくなるものか桜餅」。"

～～～～～～～～～～～～～～～

　　「戦時のアメリカ本を戦後に読むこと」補遺　　　　　杉　本　達　夫
　　　（２月11日の記事と重複するので、省略させていただいた。）　2016.2.6.
付記
　上記の文を友人たちに届けたところ、以下のような教示が返ってきた。持つべきものは友、ありがたいことである。
　１．「馬耳とは葉君健の筆名である。」
　　　作家辞典によると、馬耳こと葉君健は、政治部第三庁で働いた後香港に移って、英文雑誌『CHINESE WRITERS（中国では『中国作家』という名で言及される）』の編集に当たり、重慶に移った後、44年にイギリスに招かれて抗日戦の宣伝に努め、次いでケンブリッジ大学でヨーロッパ文学を研究している。
　２．「葉君健が重慶で苑茵と結婚した際、老舎が媒酌人を務めたようだ。『月亮下落』の翻訳が契機となって、北欧への関心が芽生え、アンデルセンの童話を翻訳するに至ったのかもしれない」

媒酌人云々は『老舎年譜』で確かめられるのだろうが、調べるのが億劫で、そのままにしている。上記のヨーロッパ文学というのも、主眼は北欧文学かも知れないが、これまた確かめないままでいる。

3.「胡仲持訳による『月亮下去了』が、民国32年4月に開明書店から出ている。趙家璧訳の『月亮下去了』が、1947年6月の晨光文学叢書のリストに入っている。」胡仲持による訳書を、友人は直に見たわけではない。43年4月といえば、上海も香港も日本の占領下にあり、この種の書籍の出版は難しい。開明書店がこの時どこでどういう状況下で出版しえたのか、これまた億劫で調べぬままである。胡仲持はスタインベックの『憤怒的葡萄』（邦題『怒りの葡萄』）、「約翰熊的耳朵」、「饅頭坪」（原題知らず）も翻訳している。辞典類によれば、香港を脱出して桂林に移り、文協桂林分会の重要メンバーであった。だとすると胡は趙と、同じ時期に同じ桂林で同じ作品を訳していたことになるが、その辺の事情もわたしは知らない。

2016.3.19.

・**facebook**.

(2016.04.05)

今はほとんど、外国人を含めて前もって何らかの案内を見ているから、あるいはスマホを見ながら歩いているから、道を尋ねる人はいない。でも、銀閣寺道を通って散歩していると、たまに道を尋ねられることがある。「銀閣寺はまっすぐ行くのか？」とか「204のバス停はどこだ？」などと。近頃は女性から「GOSPELはどこか？」などと聞かれる。喫茶店なのだが、何かに掲載されて広まったのだろう。着物を着た若い女性2人から今日も聞かれたが、今日は火曜日だから休みであった。もっとも、この辺で着物を着ている若い女性はほとんど外国人（特に中国人が多い）なのだった。

スーパーの丸銀から出て北田橋を渡ったところで、男性に道を聞かれた。「ちょっと伺いますが、ぎんかく……はどこですか？」という。よく聞き取れなかったので「バス停ですか？」と聞き返すと、「いや、いや、銀閣寺湯です。確かこの白川沿いにあったと思うのですが……」という。

私はうれしくなって「ああ、銀閣寺湯なら無くなってしまいましたよ。ほら、もう少し行った、あそこの新しい建物があるところが、元の銀閣寺湯のあったところですよ」と答えた。

身なり、年恰好からして、この人もきっと学生時代に銀閣寺湯に入ったに違いない。今、何年ぶりかでここに来て、青春の一こまを懐かしもうとしたのであろう。私は黙ってそ

こを離れたが、心の中で、"私も学生時代、銀閣寺湯に入ったのですよ"とつぶやいた。

＊Akira：なんて心がほっこりする記事
私も幼い時父親に連れられて地元の銭湯によく行っていました。その当時、背中に龍や風神雷神の刺青が入った人（恐らく893）がいて怖かったですが、今では法律が厳しくなったせいか、なかなか見かけない。今も銭湯によく行くのですが、その様な人に出会える機会（日本文化？）が減り、銭湯に行く度、物足りなさを感じる変な自分がいます。

＊邱羞爾：Akira君、コメントをありがとう。君は銭湯が好きだねぇ。いつの間にか、君が子供に見られる年になっているようじゃありませんか。まだまだ君は若い。前向きに、ね。今の私は花粉症に苦しんでいます。

・facebook.　　　　　　　　　　　　　　　　　　　　　（2016.04.06）
今日、牧野格子さんから本をいただいた。
中国1930年代文学研究会編『中国現代散文傑作選1920→1940——戦争・革命の時代と民衆の姿』（勉誠出版、2016年2月26日、447頁、4,200+α円）
中国1930年代文学研究会訳者一同の「はじめに」及び、全訳者を代表して 小谷一郎氏の「あとがき」によれば、この訳出は早くからの"夢"であったと言う。見事な31名の訳文であり、その熱意と気迫があふれた良い文章の「はじめに」であり、「あとがき」だ。さすがに傑作の"散文"をまとめただけのことはある。

牧野 格子

だが、"夢"を現実にするには、微細なところにも神経を行き届かせねばならぬだろう。お互いの訳文を"査読班"を作って精査したそうだから、きっと訳文はそれぞれ信頼するに足りるものなのだろう。まだ読んでいないけれど……。
でも、例えば、謝冰心の写真は、謝冰心ではなくて、謝冰心の母親の写真である。これは、私には中国文学を専門にしていない人を惑わすような、大きなミスであるように思う。訳者の牧野氏には相当の言い訳があるようだが、知らずに本を取った読者にとっては、訳者の責任となろう。本を作った人側から見れば、訳者の責任だけではなく、主催者、監修者等々の責任の問題ともなろう。私が撮った本のカバーの書影にしても、「蕭紅」の「蕭」の字が間違っている。このことについては、3月7日に西村正

II 2016年

男氏の指摘があったはずだ。同じく3月7日に私が指摘した「夏丐尊」は訂正されていたようだが……。

• **facebook**. (2016.04.09)

今日は、「椿が見ごろだ、早く見に行け」と、切符をいただいたので、さっそく見に行った。椿の名所でもある霊鑑寺は、哲学の道の1本上の道（法然院通り）の南端にある。

10時の開門と同時に入って見たが、なかなかしっとりとして感じの良い門跡であった。ボランティアの人が少しずつ説明してくれるが、耳に当てる器械と違って、多過ぎもせずうるさくもなく、親切であった。

円山応挙のふすま絵があったが、時代の風雪でだいぶかすれていた。狩野永徳・元信の作と伝えられる絵に私は実に良いものといった感想を持った。尼寺であるし、4, 5歳の子供のころから寺に入ったものだから、屏風・ふすまの画だって、おどろおどろしい龍やトラの画などではなく、やさしい草花や子供の画であった。だからであろうか、玩具も唐子（からこ）や子犬などの人形やすごろく・絵カルタなどが残っている。庭も清楚な回遊式のものだが、今は水が入っていなかった。肝心の椿は、確かにもう遅くて、ほとんどが散っていた。桜が、まだハラハラと散ってはいたが、最後の耀きを見せていた。

良い目の鑑賞をしたとして、哲学の道に来ると、もう大勢の人が歩いていた。桜吹雪がさして風もないのに散ってゆくので、カメラを構えたが、そういう時に限って花びらは落ちてこなかった。足元に赤紫の満開の木立があったので、ぱちりと写真に撮った。見てみたら、「長寿桜」と名札があった。

霊鑑寺のパンフレットと、切符をくれた人の達筆な字。

いろいろな椿の花が並べられていた。「日光（じっこう）」という椿が有名だが、「孔雀」という椿があって、花弁ひとひらひとひらに赤く幾本かの筋が入っている椿もあった。

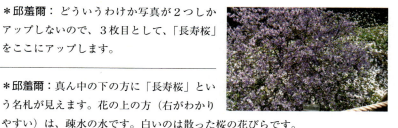

＊邱羞爾：どういうわけか写真が2つしかアップしないので、3枚目として、「長寿桜」をここにアップします。

＊邱羞爾：真ん中の下の方に「長寿桜」という名札が見えます。花の上の方（右がわかりやすい）は、疎水の水です。白いのは散った桜の花びらです。

＊幽苑：花筏になっていますね。

＊邱羞爾：幽苑さん、コメントをありがとうございます。疎水も流れゆきて銀閣寺道の浄土寺橋付近になると、せき止められるので、上流から流れてきた桜の花びらがたまって川をピンクに染めています。

- **facebook**. (2016.04.12)

11日月曜日の午後、寒風の吹く中を京都駅のビルにある京都劇場へ芝居を観に行った。
「市川海老蔵特別公演　源氏物語――第2章～朧月夜より須磨・明石まで～」を見に行ったのである。エビ様はさすがにきれいであった。歌舞伎だけでなく、オペラともコラボレーション、そしてまた能楽ともコラボレーションするのであった。カウンターテナー歌手アンソニー・ロス・コスタンツォの女性のような歌声がウリなのであったようだが、私の好みとは合わなかった。
いきなり、茂山逸平の"世継の翁"と市川九團次の"頭中将（とうのちゅうじょう）"の掛け合いで始まった。花道がないから、客席の間の通路2つを使っての工夫であった。"世継の翁"が強調するのは、"光源氏"の派手やかな光には、それに見合う闇があるとのことであった。つまり、"光源氏"の「光と闇」を表現しようとするのがこのたびの劇なのであった。だから、どちらかというと沈んだ、動きのない舞台が進行する。それを打破するかのごとき、第2幕のはじめでは、龍神や龍女を従えた龍王が現れ、激しい踊りを披露する。笛や太鼓のお囃子がそれを盛り上げる。"光源氏"の夢の場面であるが、この場面はやはり私にはしっくりとし、すごいなぁと感動させられた

のであるが、劇の流れとしては、やや突出していたのかもしれない。

端的に言えば、私には"光源氏"の「光と闇」が明瞭に伝わらなく、オペラと能楽のそれぞれの特色が勝手に発揮されているように感じて、流れが感じられなかったのである。

もっとも、私は体調が悪く、うつらうつらとして観ていたのだから、大事なところを見落としていたのかもしれない。12日など、一日中休むことになってしまったのだから。

> *幽苑：一昨年南座で見ました。その時は第1章だったのでしょうか⁉母も連れて行きましたが、母は普通の歌舞伎の方が良かったようです。

> *邱羞爾：お母さんのご意見に大賛成です。私も普通の歌舞伎の方が良いように感じました。2014年の方は第1章でした。

· facebook.

(2016.04.13)

今日は8時には家を出て、京大病院に向かった。採血の順番の番号札を取らねばならない。すでに大勢の人が並んでいて、私は「118」番であった。それでも、9時には採血は終わったと思う。終わってから、泌尿器科へ行き、そこのベンチで11時近くまで待った。4月からは担当医が変わって、新しい、年のより若い先生。珍しいことに検査値が0.007下がった。良しとしなければなるまい。次に放射線科に行く。ここでは毎回アンケート紙に書かねばならない。小便の回数は？とか大便は？と言った質問にいちいち答えなければならない。そして待つこと30分ほどで私の番になった。持たされている携帯受信機がブルルブルルと鳴るわけだが、これが実に待ち遠しい。私の場合、わきから割り込んだ格好になるので、部屋の前でさっきから待っている人より早く呼ばれた。これは、私は助かるが、他の人には実にイマイマシイことだ。以前にはずっとこういう場面に自分がなったから、他の人の気持ちがよくわかる。なんといっても、待たされるのが実に辛い。そのうえ順番に不公平感があると、本当に腹ふくるる思いだが、相手がお医者さんとあっては文句も言えず、我慢するほかない。こちらのお医者さんも新しく変わった。みんな若々しく張り切っているのだが、その分時間が長くなる。私などは自分からもう切り上げて腰を浮かせて引っ込んだ。世の中は時間なのだ。医者と長く話していても、治らないものは治らない。問題は要点をズバリと言ってくれればよいのだ。家に帰ったのは、12時を回っていた。4時間で、採血をし結果が出て、2人の医者に会ったわけだから、効率的にはとても良い日だったのだ。

実はいやなひどい咳のために、もう一軒、内科の医者に診てもらいたかったのだが、午前の時間切れとなってしまった。

・facebook.　　　　　　　　　　　　　　　　　　　　　　　　(2016.04.16)
15 日に本を頂いた。
陳映真著、間ふさ子・丸川哲史訳『戒厳令下の文学』(台湾作家・陳映真文集、せりか書房、2016 年 4 月 28 日、362 頁、3,600+ α 円)。
これは、台湾の作家陳映真の小説 7 編と、散文 6 編を収めたもので、陳映真の文学を時代順に明瞭にしようとしたものである。
作家の本心を小説だけでなく、散文からも解明しようとするのは、今のはやりの方法なのかもしれないが、新しいやり方で、読者に親切である。だから、気軽に楽しく読めるに違いない。訳者たちの苦労を歓迎する。

・facebook.　　　　　　　　　　　　　　　　　　　　　　　　(2016.04.17)
＊純恵：先生、お誕生日おめでとうございます。
お出掛けになっている投稿楽しく読ませて頂いております。

＊邱羞爾：純恵さん、ありがとうございます。私も純恵さんのFBを楽しく拝見させていただいています。今年もよいことがいっぱいありますように！

＊芳恵：先生、お誕生日おめでとうございます！春をどうぞお楽しみにください。

＊邱羞爾：芳恵さん、ありがとうございます。桜が終わって、これから新緑の時です。藤もあればつつじも……。芳恵さんに良いことがまたありますように！

＊幽苑：お誕生日おめでとうございます。健やかな一年になりますようお祈り申し上げます。

＊邱羞爾：幽苑さん、ありがとうございます。幽苑さんも、今年も大いに御活躍ください。楽しみに待っています。

II 2016年

＊Hamada：先生おめでとうございます。

＊邱羞爾：Hamaちゃん、ありがとうございます。世界を股にかける男のHamaちゃん、体に気を付けてご活躍ください。

＊登士子：先生、お誕生日おめでとうございます。
いつも先生のフェイスブックの投稿を楽しみにしています。
いつまでも変わらずお元気でいて下さい。
最近だんだんと暖かくなってきましたが、夜はまだ少し肌寒く感じます。風邪などひかれませんよう、ご自愛くださいませ。

＊邱羞爾：登士子さん、ありがとうございます。FBを君が見てくれるなんて、とてもうれしいです。今年は登士子さんに良いことがいっぱいありますように！

＊ゆり：福如東海...寿比南山...

＊邱羞爾：ゆりさん、ありがとうございます。あの可愛いゆりさんも、すっかりお母さんになりましたね。元気な良い子に育ててください。

＊ゆり：先生！お誕生日おめでとうございます！！
いつまでも元気でいてください（≧∇≦）

＊文子：先生、お誕生日おめでとうございます。
ブログを拝見しますと、フットワーク軽くあちこちにお出かけになっていて、毎回羨ましく読ませていただいています。お身体に気をつけて、新たな一年を素敵な一年にしてくださいませ。

＊邱羞爾：文子さん、ありがとうございます。ブログでは病気のことばかり書いていますよ。FBでは元気そうにあちこち見学していますが……。文子さんが元気で活躍することを望んでいます。

066

・後期高齢者
(2016.04.17)

17日で後期高齢者になる。と言っても、特別な感情はないのだけれど、何とか感想を
ひねり出そう。

鳥は1日の51%は寝ているそうだ。私も半分は寝ているだろう。残りの半分を多分病
院や病院通いで過ごしてきた。2歳の時の両耳の中耳炎の手術から始まって、耳鼻咽喉
の故障のために随分と医者に通った。その医者通いのおかげでと言ったらよいのであろ
うが、当時『週刊朝日』に連載されていた、吉川英治の「新平家物語」をほとんど読ん
だ。蓄膿の手術を高3の時にしたが、職について3年目の年末にもした。この手術以来、
耳鼻咽喉科への通いは間遠になったが、最近はまた、花粉症などで離れられなくなった。
歯も悪い。一時は虫歯を「どんどん抜いてくれ」などと言って、連続して数本抜いてし
まったが、ラジオかテレビで「抜かない方が良い」と言っているのを聞いてから、慌てて
抜くのをやめてもらった。歯並びが悪く、出っ歯の所へ、入れ歯まであり、処置なしだ。
目もよくない。緑内障だそうだが、それよりも、視力が落ちてきている方が本人には
問題だ。眼鏡をかけていると近くのものがよく見えない。眼鏡がなければ、遠くが見
えにくい。以前は、遠近両用の眼鏡をかけていたが、それは遠近両方ともよく見えな
いから、やめてしまった。それにしてもだんだん物がはっきり見えなくなっているか
ら、TVもしっかり判別して見ているわけではない。物事を次第にいい加減に見るよ
うになってしまっている。

でも、一番の問題は、私にとっては心臓であった。心臓の悪さは、体のだるさや動悸
の激しさに現れるので、しょっちゅう生気がなく、まるで仕事をさぼっているかのご
とくに思われた。根気もなくやる気もないのだ。これは、軽い脳梗塞をおこして、思
い切って心臓にペースメーカーを装填してからマシになった。もっとも最初は体にな
じまなくて、いろいろ不具合が生じたのだけれど。1995年の8月にペースメーカーを
植え込んだから、もう20年以上になる。この時のお医者さんが森下浩ドクターだから、
森下先生とは20年以上の付き合いということになる。

突然のように、もう5年も6年も前のことだろうか、「脊柱管狭窄症」と「すべり症」
になった。カイロプラクティックの若城弘治（わかき・ひろはる）医師に矯正しても
らい治してもらったのだが、1年ほど前からやめているので、いまだに痛い。やめた
理由は、放射線治療と心臓リハビリテーションに通い始めたことによる。この腰痛も、
突然体に来たが、原因は前々からあって、姿勢の悪さなどで、首の骨が曲がっている
とか、背中が湾曲しているなどの積み重なりによっておこるものだそうだ。そしてそ
の治療も、徐々に少しずつ時間をかけて矯正することによって治るものだそうだ。

回生晏語 ———— 067

最近では、前立腺癌の発見と放射線治療が目新しいことだ。とうとう癌になった。幾らか一人前の大人になったような気分でいる。幸い、今のところ顕著な自覚症状がないので、気楽な気分でいるが、髪の毛がますます少なくなったとか、シミそばかすなどが多くなったなど些細な問題があることはあるのだ。髪の毛が多いか少ないかは、正直のところ本人には大問題なのであるが、表面的な末梢的な問題に過ぎないと思うようになっている。当たり前のことだが、生命の方が容貌よりも貴重なのだ。つい最近、胃カメラと大腸内視鏡の検査をしたので、胃と大腸はまだ何でもない。

昔から健全な心は健康な体に宿ると言われているが、私はこのように、一度も「健康な体」であったことはない。したがって「健全な心」を持ったこともないと言えよう。「健全な心」を持ったことがない男が長らく教育関係の仕事をしてきたのだから、良くないことに違いない。でも、私に言わせれば、教育はまた別の次元の事柄であるから、単純に「健全な心」イコール「健全な教育」だとか、「健全な社会」になるわけがない。むしろ私は「健全な心」なんていうものは、教育や社会に、害にこそなれ、益にはならないと思っている。少なくとも、高校以上の年齢の人に対しては！

これは難しくなる問題だから、ここではこれ以上述べないが、人の世というか、この世は「健全な心」とは違った次元で構成されている。阪神淡路の地震や東北の地震・津波そして、今現在の熊本の地震が、我々に「健全な心」などとは関係ない、別な次元の人生を示しているような気がする。安倍首相は「健全な心」から、被災地に直接乗り込んで慰問するなどと言っていた。もう行ったのかどうか知らないが、なんて馬鹿な首相かと思った。天皇夫婦はいち早く慰問の言葉を述べていたが、こんな時だから行くのは見合わせると言っていた。

＊Momilla：先生、こんばんは。　お久しぶりです。

「後期高齢者」になられた由、おめでとうございますというべきか気がひけますが（そもそもこの言葉自体、厚生労働省官僚の作り出した、私自身感心しない言葉ですので）、過去にこれだけ大きな治療をいろいろ経験されながら、無事にこの日をお迎えになられたことについては、やはりお祝い申し上げるべきかと思います。私は先生ほど多くの病院通いはしておりませんが、50代後半から月平均2回程度の医者通いが不可欠となってしまいました。その意味で、自分では「無病息災」ならぬ「一病息災」を心がけている気がします。というか、持病があることで、自分の体調と向き合うことができ、悪くなりそうならどうすべきか、自分である程度判断できます。その意味では医者通いの必要ない場合より健康にとってはよい

のではと、負け惜しみのようですが考えております。

「健全な心」と教育との関連ですが、先生のおっしゃるとおりだと思います。安倍首相はしばしばトンチンカンな発言があり、同年生まれの者としては恥ずかしくなることがよくありますが、今回も、被災地という「健全でない状態」の場所へ「健全な心」で乗り込むこと自体が、「上から目線」の思い上がった行動に受け取られかねません。（もっとも首相自身も持病はあるそうで、にもかかわらずこんな発言をするのは、職務上やむを得ないところがあるのかもしれませんが）

＊邱羞爾：Momilla君、コメントをありがとう。お久しぶりです。

月平均２回ほど医者通いをすると書いてきたので、心配です。どうぞ無理をせず、気楽な心でお過ごしくださるよう、お願い申し上げます。

今度の熊本地震では、私はすっかり虚無的になりました。災害のいろんなパターンがありましたが、こんなにいつまで大きな余震があるなんて異常です。日本の全国どこにでも、大きな災害が起こりそうですが、いささか自暴自棄になりそうです。些細な準備では大自然の猛威には勝てそうにありません。今までのように、清く正しくしていればよいというものではないことを見せつけられたような気がします。

ただ、シコシコと日々積み上げていかねばならない者としては、つい虚無的にならざるを得ません。

この年まで生きてくることができましたが、一寸先が闇であることをこのようにまざまざと教えてくれる災害の前に、なすすべもなく呆然とするばかりです。しばらく沈潜して、物事を考えてみるほかなさそうです。

・facebook.   (2016.04.19)

＊マウ：１日遅くなりました…

先生お誕生日おめでとうございます🎂🎊

元気で、素敵な一年でありますように💕👍

＊邱羞爾：マウさん、ありがとうございます。私は風邪をひいてしまい、お返事が遅れました。マウさんのこのごろは楽しくてしょうがない位ですね。とても良いことです。いつまでもお幸せに！

Ⅱ 2016年

・facebook.   (2016.04.20)

今日は朝から雲ひとつない良い天気であった。風もなくうららかそのものであった。そんな中、私は恥ずかしくも朝から寝ていた。おてんとうさまに申し訳ない感じだ。朝から寝ていて、単に横になっていたのではなくずっと眠っていた。1時間か1時間半ごとにトイレに行くほかは、よく寝た。それなのに、調子は一向に良くならない。夕方には、なんと37.7度にもなった。随分前からのどが悪く、調子が悪かったので、1日ぐらいおとなしく寝たところで良くならないのだ。

空は憎らしいほど青く、雲もなかった。

　　＊幽苑：朝夕の温度差による風邪引きでしょうか？　くれぐれもご自愛ください。

　　＊邱羞爾：幽苑さん：ありがとうございます。今から寝ます。

　　＊Hoshie：先生お誕生日おめでとうございましたっ！季節の変わり目ですのでお体大事になさってこの1年も素敵な笑顔の先生でいてくださいね☺♥先生の体調が早く良くなりますように。

　　＊邱羞爾：Hoshieさん、ありがとうございます。まだよくなっていないのですよ。すっかり参ってしまいました。Hoshieさんは元気ですか？君の笑顔も素敵だから、また会いたいものです。

・facebook.   (2016.04.20)

今日、小山三郎先生から本を頂いた。
小山三郎・山下未奈・山下紘嗣著『台湾現代文学・映画史年表』（晃洋書房、2016年2月29日、271頁、3,100+α円）。
小山先生は、大学の移転などの忙しさの中で、文学と映画の年表を作り上げた。以前にもこういう資料を作っていたが、いよいよ完成になった。毎年の終わりに、映画のベストテンが載せてあるのが新味と言えよう。こういう地道な仕事は研究の基本になるので、大切なことだ。

・facebook. (2016.04.22)
思いがけないことに、狭間先生から本を頂いた。
狭間直樹『梁啓超――東アジア文明史の転換』(岩波現代全書087、2016年4月19日、214頁、2,000+ɑ円)
中国のものはどうしても注釈が多くなりがちだ。でも、この本は、ざっと見ただけだが、煩瑣な注が少ない。それだけでも、内容が要領よくまとめられていると推察できる。「凡例」を見てうれしくなった。"中国人名につけたフリガナは、竹内実「中国語の発音表記案」……を利用させていただいた。"と書いてあったからだ。私も、自分が関係した訳本には竹内先生のこの「発音表記案」を利用させていただいているからだ。午後から天気が良くなった。狭間先生から"お前もしっかり勉強せよ"と叱咤激励された気がした。

・facebook. (2016.04.23)
天気はよくなるが、2日ほど続くともう下り坂だ。久しぶりに散歩に出たら、すっかり新緑になっていた。哲学の道の桜も新緑に変わっている。でも、花は桜とは限らないから、あちこちで咲き誇っている。モッコウバラの黄色やコデマリの白、フジの紫、ツツジの赤などなど。我が家でも、君子蘭が今年も咲いた。

＊幽苑：君子蘭が見事に咲きましたね。

＊邱羞爾：幽苑さん、ありがとうございます。暖かな天気によって、一気に咲きました。

・facebook. (2016.04.27)
今日は小説が届いた。
賈平凹著、吉田富夫訳『老生（ろうせい）』(中央公論新社、2016年4月25日、521頁、3,700+ɑ円)
吉田先生の2年にわたる苦労の訳本だ。どうやら中国の百数十年の歴史を賈平凹なりにまとめた大作のようだ。文革を含めた現代の中国をまとめる

回生晏語 ———— 071

には、作家の力量が試されるのかもしれない。『山海経』を横糸に時代の経糸を操るという、この小説を読むのは楽しみだ。

・快眠・快食・快便

(2016.04.30)

4月ももう終わろうとしている。4月は私の誕生月だから、社会科学院の外国文学研究所の李芒先生に書いてもらった「書」を飾っている。これは1980年4月の私の誕生日に書いてもらったものだ。盛唐の詩人・王之渙（おう・しかん）の『登鸛鵲楼（かんじゃく楼に登る）』で、「白日（はくじつ）山に依（よ）りて尽き 黄河海に入りて流る 千里の目（もく）を窮（きわ）めんと欲し 更に上る一層の楼」という五言絶句だ。

特に結句の「更上一層楼」は当時盛んに言われた言葉だ。昔から有名な句であるばかりではなく、ちょうど文革が終わって改革開放の新しい雰囲気が中国全体に漂い、人々に喜色があふれていた時代だった。文革という大きな災難から脱したという安心感と、これからの社会への期待に弾む心、そして謙虚な心が中国の人にはあった時代が、1980年代だったと思う。当時、友誼賓館に住んで日本語教師をしていた私のもとを訪ねてくれた李芒先生に、私が頼んだ「題字」であった。

李芒先生の題字

あれから36年、すでに2000年に鬼籍に入られた先生にもう会うことはできないが、4月になれば、こうして掛け軸として床の間にかけて遺徳をしのんでいる。80年ならば、先生はまだ60歳だった。私はもうその歳をとうに越えているのに、未だ「一層の楼」に上れず、「千里の目（もく）を窮（きわ）めん」としていない。こう思うとつくづくと虚しい気分になるが、まだそういうデスペレイトした気分に沈殿するまいと思っている。だから、掛け軸を前にして、ただただ懐かしい気分に浸るだけにしている。

朝起きるのはつらい。なにせ寝ているときにいろいろ悪い夢を見たり体に異変が起きたりするから、目が覚めるとすぐ、「こんなに疲れているのだから寝かせてくれよ」と思うくらいだ。最近は、足が攣る。これが夜中の3時ごろに攣る。どうしてなのか、原因がわからないので対策の立てようがない。寝る前に薬を飲んでも、あまり効果がない。寝る姿勢が悪いのか、寒いのか、などと工夫するが効果がない。医者は、「脊柱管狭窄症だからな」と言って、ロクに対応してくれないが、足が攣って痛くて、心臓が止まるかと思うほどの時もある。唯一の対症法は、起き上がってしまってトイレに行

くことだ。痛い足を引きずってトイレに行く。だから、夜中に目を覚まさずにはいられない。快眠が大切だとつくづく思う。

快食の方はどうか? 最近はかなり良くなったが、昔からなかなか呑み込めず食事に長い時間がかかって、おいしいものも冷めてまずくなってしまっていた。よく兄貴などから「お前と一緒に食うと、まずくなってしまう」と言われたものだ。野菜から食べるのが良いと言われて、生野菜を先に食べていたら、生野菜は良くない。温野菜にしなさい、と言われた。そうかと思うと、発酵したものが体に良い。納豆などたくさん食べろと言われたが、今度はワーファリンを飲んでいるから納豆は禁止となった。糖尿病にはコーヒーが良いとか、ココアが良いなどと次々情報が出てくるので、このごろは気にせず勝手に食べて飲んでいる。これが良いのだろうけれど、腹が出っ張って来てしょうがない。最近は胃のあたりが膨張して苦しい。つい最近、胃カメラを呑んで診てもらったばかりだと言うのに、かえって調子が悪い。なまじ余計な検査をするからよくないのだろう。他の原因があるのだろうが、先日などは胃が気持ち悪くて、うんうんと唸って横になる始末だった。そのとき、午後、いつの間にか眠りに落ちたが、この時の眠りが最高に気持ちよかった。せっかくなのに、間違い電話が鳴って起こされてしまった。

快便の方は、言うまでもなくよくない。放射線治療と、大腸内視鏡検査などの影響だと思うが、格段に良くない面が出ている。しかし、これは尾籠な話だからあまり触れないでおこう。

1日として、あそこが痛い、ここが痛い、などと言わない日はないから、よくまぁ生きているなぁと自分でも思う。自分が生きていくのが精いっぱいで、とても人様のお役になど立てない。何のために生きているのか、などと思う。高齢者になると、あなたは「自分が役に立つ人間だと思わない」ですか? などというアンケートが来るではないか。けれど、「何のために」だとか「役に立つ」などという思考は無意識のうちに避けてしまう年齢に私はなった。もう若くはない。もともと考えることが嫌いで感覚だけで生きてきた、まるで動物や昆虫のような生き方であったから、いまさら哲学的思考などできるわけがない。すっかり知識人の「知」の抜けた凡庸な男になってしまっている。念のために言えば、私は昔から自分が知識人だとは思っていないが、客観的には学歴などから、私は知識人でしかない。これは、現在の私にとっては苦痛なものだが致し方ない。王之渙の詩には、「白日（はくじつ）山に依（よ）りて尽き　黄河海に入りて流る」とうたわれている。太陽と言い、山と言い、海と言い、川などの大自然はもともとこのように泰然と目の前に広がり、その広大さが我々に安心感を与え、客観性を保証して

II 2016年

いた。それがどうだ？ 最近の日本のように、地震があり津波があり噴火があって、さらに季節外れの雨や風や雪まであって、客観性を保証する自然が破壊をおこし崩れているではないか。

こういうこの頃では、私が個人的なことばかりの愚痴になるのもやむを得ないことかもしれない。自然という客観の中で生きるという主観の"価値"や"意義"の練り直しが迫られているような気がするが、私にはいささか"もう遅くなってしまった"という気分だ。

・facebook.　　　　　　　　　　　　　　　　　　　　(2016.05.03)

5月2日のこと。

どうもこの頃腹の調子が良くなく、胃が痛むし、腹が出っ張るから、本当に腹の中は脂肪だけなのかと訴えた。そこで、先日、胃カメラで検査したばかりなので、今度は腹部のCT検査をすることになった。

結果は、悪性なものはないとのことだが、なぜお腹がこんなに膨れるのかという原因はわからなかった。

皮下脂肪はほとんどないのに、内臓脂肪がたまっているから、運動で解消するほかないそうだ。「今の週1回のリハビリでは、とても足らない」と医者は言う。でも、私としては1回でもフーフー言っているのに、2回や3回に増やす気にはなれない。日頃の散歩も、「もっと大股で早く歩け」と医者は言う。「そんなことをしたら、苦しくて、5分でノビてしまう」と、こちらは甘えて言い訳するしかない。医者は、「今日は5分なら、次の日は6分と延ばすのだ」と言ってくれる。いやはや、どうにも逃れられなくなった。

・facebook.　　　　　　　　　　　　　　　　　　　　(2016.05.05)

昨日今日と良い天気が続く。例年この時期は第1回の衣替えだ。こういう家事仕事は嫌だけれど、致し方ない。GWは昔からどこにも行かず家にこもってばかりいて、子供が小さい時もどこにも連れて行ってやらなかった。このことをいつも家内から責められているが、近ごろはもうあきらめてくれたようだ。ツキヌキニンドウにイリス、そしてバラまで咲いた。そのほか、庭の雑多な花が咲き乱れている。私は一向に手入れをしないから、もちろん家内の手仕事だ。したがって私は名前も知らない。

• facebook.　　　　　　　　　　　　　　　　　　　　(2016.05.08)

７日からPCのインターネットがつながらなくなった。８日に、東芝に電話がやっとつながったら、PCには問題がないからバッファローかJcomの問題だろうと言う。Jcomに電話をして、電源を入れなおしてとうとうつながったが、かなりの時間と労力を費やした。私のPCはつながったが、家内のPCはダメだ。というのもNECは８日は休日とかで電話ができないので、直し方がわからないからだ。

ところで７日（土）は、ひょんなことから京都文化博物館に行って、『世界遺産　キュー王立植物園所蔵　イングリッシュ・ガーデン──英国に集う花々』を見た。

植物の一つ一つを精工に描いたものの展覧で、事細かに見事な肉筆画の陳列であった。描かれた花から、大英帝国が世界に延び、各種の外来種が移植されたこともわかった。19世紀になると、チャールズ・ダーウインなども関与してくる。19世紀後期には、ウイリアム・モリスなどの果物の模様などが目を引くのであった。でも、私は1811年制作の「世界地図」に感打たれた。日本が真ん中に描かれる地図だったから。

４階から３階に降りると、『江戸の植物画展』であった。園芸文化は江戸時代に発達したのだそうで、椿や桜を描いた画巻が紹介されていた。でも、へそ曲がりの私は池大雅が描いた「菊」の掛け軸が気に入った。堂々たる風格があって、さすがに名前の通った人の画は違うなぁと思った。

• facebook.　　　　　　　　　　　　　　　　　　　　(2016.05.10)

10日に届いた『關西大學　中國文學會紀要』第37號は、河田悌一教授・日下恒夫教授　退休記念号　であった。なんと、縦書きの論文11篇233頁、横書きの論文23編430頁、合計34人による執筆で663頁にもなった。壮観である。

内田慶市教授の「序」が良い。お２人の人となりをとらえていて、その学問の要点も紹介している。「編集後記」の奥村佳代子教授の文章も良い。お２人への親愛の情があふれている。

それにしても、30数名の人たちは、よく書いたものだ。河田、日下両先生への「良き餞（はなむけ）」ができたといえよう。

　　＊内田慶市：萩野先生、私は美しい文章が書けなくてお二人の先生に申し訳なく思っています。

Ⅱ 2016年

＊**萩野脩二**：ブログにも同じことを書きましたが、内田先生のこの文章は名文だと思いました。変にべたべたしないで、要点を見事にとらえています。私は感心して読みました。

＊**内田慶市**：これまでの退官記念論文の序文は格闘高いものでしたから、お恥ずかしい限りです。

＊**萩野脩二**：格調は、それぞれの文章に備わっています。先生の格調は、先生なりの味があって、心を打つものとなっております。これ以上言うのはやめにしておきましょう。今夜は、もう寝ます。

表紙 　　　　　目次（縦書き論文）　　　　　目次（横書き論文）

・2人の先生　　　　　　　　　　　　　　　　　　　　　　(2016.05.10)

今日5月10日、『關西大學　中國文學會紀要』第37號が届いた。縦書き233頁に横書き430頁（計663頁）もある分厚い本だ。扉を開けると河田悌一（かわた・ていいち）先生と日下恒夫（くさか・つねお）先生の写真が載っている。あぁ、お2人の先生が定年退職なされるのだと改めて感慨にふけり、実に寂しく思った。

河田先生の温顔を拝するに及んで、これまでの数々のご恩を思い出さざるを得ない。早くから私は河田先生に目を掛けられ、いろいろ助けられてきたが、とりわけ関西大学に私が務めることになったのも、河田先生のおかげなのであった。私が三重大学に通っていたことを不憫に思われて、つまり、あの病弱な体で京都から津までの遠路に通う私のことを慮って、ある秋の夜、私の家に電話をくれた。「関大に空きができたから来るか？」という電話であった。私は2つ返事で喜びの回答をしたが、三重大学に勤めたのは竹内実先生の紹介であったことを河田先生に告げた。河田先生はさっそく竹内

先生に連絡を取り、筋を通してくださった。

河田先生はこのように、温かい配慮をし、筋を通す人なのであった。優しいだけでなく筋をも通すには、内に秘めたたくわえがなくてはならない。河田先生は、学問は勿論、趣味にも、芸事にも努力を重ねる人であり、そういう意味で大きな幅広い人である。広くて優しい先生は当然多くの人から慕われた。先生の独特の味わいのある散文は、磨きがかけられ多くのファンを生んだ。優しくて平易な文が決して俗にならないのは、学問の重みに裏打ちされた思考が行間から滲み出ているからだろう。文は人なり。その人は、慈愛にあふれて優しい。そんな感じを先生は持っている。

河田先生が学長の時代に、我々は67歳で定年となることが決まった。70歳定年を引き下げたのである。にもかかわらず、大騒動にならなかったのは、河田学長の手腕だった。筋を通し、やるべきことはやるお人なのであった。私の年からその制度が始まったから、私は割と早く退職することになった。そのことを幾分考慮して、名誉教授の資格を20年から17年に下げたのも河田学長なのであった。私は思いもかけないことに「名誉教授」になることができた。私は何も業績がないから、「名誉教授」などおこがましいのだが、この称号は記念すべきと思って、ありがたくお受けすることにした。河田先生の大きな配慮を感ずる次第である。

日下先生の退職は、関大中文の1つの終わりを意味するだろう。とにかく関大の中国語と言えば日下先生が背負っているようなものであった。内田慶市教授の「序」によれば、日下先生は42年間も関大に奉職していたのだそうだ。日下先生が中国語の基礎を1年生に、また2年生にも教えるから関大の中国語は一定の高水準を保っていた。日下の中国語であり、日下の関大であった。私は1991年4月から関大に入ったが、まず知り合ったのは奥さんの方であった。奥さんの人の好さと優秀さにまず触れたので、あの評判の悪い日下先生とはどうなっているのだろうと最初は感じた。私が関大に移るに際して、世の雀どもはいろんなことを私に話してくれたが、要するにあんなひどい3人がいる関大などによく行く気になったなというものであった。その3人のうちの1人が日下先生なのであった。

こういう偏見が私にあったのに対して、日下先生はいろいろ声をかけてくれた。一緒に本を出そうということまで。でもどういうわけか話は進まなかった。何かわだかまりがあったのだろう。例えば、老舎研究学会が関大で行なわれたとき、私は一方的に、入会せよと声かけてくれるものと思っていた。だから、いつどこで開かれるのか教えてくれるものと思っていた。少なくとも研究室にビラの1つでも貼られると思っていた。私は他者から時間や場所を聞いてやっと臨時に研究会に参加したが、何も知らさ

れない不満を漏らしたときに、日下先生は「なんで萩野にまで言わなきゃならないんだ、会員でもないのに！」と言ったそうだ。なるほど、それも一理ある。私の方が勝手に「自分は新たに来たのだから、研究会に誘う声ぐらいかけてくれてもよいではないか」とのぼせていたのだとその時悟った。ほかの先生はきっと私のこういうわがままを許容してくれていたのだろうが、言語関係の先生方とは、如上のような行き違い（と私は思っている）が結構あった。

日下先生とやっと少し分かり合えたなと思ったのは、もう私が定年になる１年ほど前のことだった。きっかけは大きな声で日下先生が、ある先生の退職に際して私がお見送りをしなかったことに対する私への不満を述べたことだった。私は特にそのことに返事はしなかったと思う。私の胸の内では、あの先生がお見送りを断ったので仕方がなかったのだという思いがあった。でも、私はそのあとの文学部の懇親会で、日下先生の意見を受け容れたということを示すために日下先生に盃を差し出した。日下先生は驚いてはいたが、私の盃を受け取った。それがきっかけだったと思う。日下先生は根がまっすぐな、情のわかる先生だと思った。

私が定年で辞めるとき、人事委員の日下先生は私の推薦文を書いてくれた。それは見事な文章であった。もちろん実際よりも持ち上げた文章なのであるが、よく私のことを理解してくれていた。私は日下先生の好意に感謝感激であった。このことを日下先生に言いたかったが、なんだか恥ずかしくて、いまだに言っていない。

私は自分のことを棚に上げて、日下先生は自分のことばかり持ち上げて、融通の利かない先生だと思っていたが、一見厳しそうだが温かい思いやりの心があって、やはり優秀な先生なのだと感じ入った。

内田先生の「序」は大変良く書けていて、お２人の学問のことも人柄のことも業績のことも、みんな要領よく触れている。この文章も名文だ。また奥村佳代子教授の「編集後記」もよく書けていて、２人の師のことを短く的確に描いている。

そのほか、「彙報欄」を見ると、まだ現役で残っている先生方の優秀な業績に、私は目をみはるばかりだった。大きな存在のお２人が定年になるとはいえ、まだまだ関大の中国学は盛況になるであろう。お２人の残された業績の大きさが忍ばれる。

・facebook.

(2016.05.17)

16日にはうれしいことがいくつかあった。その１つは、H君が抜き刷りを送ってくれたことだが、それはまた、読んでからにしよう。

月曜日なので、心臓リハビリに行った。同じリハビリの仲間は私を入れて７人に決まっ

てきたが、今日は6人だった。

昨年の文化の日に「Blueridge Mountain Boys」の演奏を聴きに行き、ＦＢとブログに私は感想を書いた。それを、ＰＣ検索で政信さんが探し当てた。そういう話を、政信さんとトレーナーの幹大君とが話していたので、やはり冊子『幸生凡語』を差し上げるべきなのだと思った。それで、今日持ってきたのだ。政信さんにもちろん差し上げたが、幹大君や恭平君、看護士の弥生さんなどもばらばらとみていた。帰り際に、私が敬意を抱いている広部さんが、「私も買おう。今度持ってきてくれ」と言う。「買って息子に読ますのだ」とも言うので、「いやいや、読んでくださるなんて嬉しいから、差し上げます」と私は言った。広部さんは、「お互い知り合うなんて、何かの縁なのだから、本を出したのなら買いましょう」と言ってくれた。もちろん私は差し上げるつもりだが、「他生の縁がある」という言葉に「提醒（＝気づく）」された。そうか、私はつまらぬ本と恥ずかしがっていたが、出した以上、堂々と差し上げたらよいのだな、と。そう思って帰ろうとしたら、弥生さんが近くで、「あの本、政信さんが読んだら、見せてほしいわ」と言うではないか。これまた驚きで、うれしいことだった。「あれは、政信さんに上げた本だ。弥生さんには来週持ってくるから」と言って帰ってきたが、本のどこかに何かの魅力があって、読んでやろうと興味を示してくれるなんて、なんとうれしいことではないか。

· **facebook**.
(2016.05.19)

19日に相国寺（しょうこくじ）を見学に行った。折から『春の京都　禅寺　一斉拝観』をやっていて、御招待券を頂いたからであるが、これが22日までなので、今のうちにと出かけた。平日であるせいもあって、空いていて、広大な閑静な境内を歩くのは、とても気持ちが良く、私の抱くある気持ちものびやかに通じていくようであった。禅寺はいい。

小さな団体がちょうど参観していたので、あたかもその一員のような顔をしてそれについて、私も案内の説明を聞いた。だから、とても有意義でよくわかった。何よりもうれしかったのは、法堂（はっとう）の天井に描かれている蟠龍（ばんりゅう。ハンリョウともいう。地上にとぐろを巻いてまだ天に昇らない龍のこと）が、ポンと手をたたいたら、ビィ～ンと鳴いたことだ。この画は狩野光信（永徳の息子）が描いたもので、天井が幾らかそっていてお椀のように作られているので、手を打つと反響するのだそうだ。それで、鳴き龍とも言われている。

方丈は、表と裏とを合わせて6間168畳もある大建築だ。禅宗では「三」の字を大事

にするそうで、この方丈も表が三間、裏が三間だ。そして、三番目の部屋が一番大事にされている部屋だそうで「旦那部屋」とも言われているそうだ。旦那すなわちパトロンの部屋というわけだ。だから、そこから見る庭が一番きれいに見えるのだそうだ。ただし、表の庭は、すべて砂州になっており、色や形のない「無」の世界が広がることになる。これが禅寺の庭なのだ。それに対して、裏庭は、小川があり築山があり、緑の色があって、春は桜、秋は紅葉で隠れた名所なのだそうだ。京都市指定名勝となっている。確かに、私のような俗人は色があった方がかえって落ち着く。

承天閣美術館には今回は行かなかった。相国寺は、若冲の画があることで有名だ。私も若冲の画が好きだが、若冲の画は今、東京の展覧会に行っているようだ。「相国寺」「若冲」と関連付けるのには、私には忘れえない思い出があるのだ。

2008年5月31日に承天閣美術館で開かれた若冲の展覧会を見て、その「しおり」を買って、岡村達雄先生を見舞ったのだった。岡村先生の遺徳を偲び、先生へのある気持ちを抱きながら、今日、私は相国寺の松林の境内を歩いた。先生に若冲の生命力を感じてほしくて、そう願って「しおり」を持って行ったが、無情な現実は7月8日に先生をこの世から取り上げてしまった。今からもう8年も前のことになる。その後の私がどう生きているかなどとはここでは言わない。ただ、先生への思いを抱いたに過ぎないが、その思いがスーッと清楚な松林の中へ拡散したように感じた。

禅寺65か所の宣伝パンフレット

御門を入って庫裏までの参道

相国寺の広告の看板

- facebook.   (2016.05.23)

22日に、『第16回ヒューマンふれあいコンサート』を聞きに行った。経糸（たていと）の会主催で、ロームシアター京都で行なわれたのだ。

第1部として、最初の「あおい苑の仲間たち」では、8曲のミュージックベルのメドレー「故郷物語──2016」が、知的、身体障碍者たち28名ほどによって演奏された。どうしてもこういう演奏の時は、誰かが失敗するのではないかとハラハラするのであ

るが、彼らは見事にうまく演奏した。彼らが立ち上がってベルを振るときなど、生き生きと音楽に乗って、我々もウキウキするほどであった。だから、彼らの演奏に感心したが、もっと感心したのは、終わって出てきた人見記三子さんであった。彼女は95歳だというのに、粘り強く彼らを指導したのであった。まっすぐに立ってしっかりした声で、今日はまぁまぁであった。応援よろしくとあいさつした。

続いては、野田淳子さんの歌であった。実のところ、彼女の歌を聴くのが私の本命であったから、心して聞いた。最初は『よみがえれ大和川』であった。安井和夫詞、中島光一曲　を高らかにうたった。彼女の高い大きな声が私には素晴らしく聞こえた。最初は、どうも落ち着きが身についていなかったようだが、歌いだせば、さすがにきれいな声が通った。野田さんは、金子みすゞの詩が好きで、曲をつけている。金子みすゞとなると落ち着きも出て、エスペラント語を交えて歌った。（私の前作『幸生凡語』111－112頁参照）。私は、野田さん作詞作曲の『この夜を越えて』に感動した。「この夜を越えて生きていけたら／人は誰も一度はそんな夜を越える」なんて、すごい歌だと思う。きっとそれに見合う何かが野田さんにはあったのだろう。これが野田さんの人に見せない世界だと思った。最後は、嘉納昌吉作詞作曲の『花』であったが、私の勝手な感想を言えば、嘉納昌吉の野太い歌と野田さんの声と合うだろうかと思ったのだが、それは、例えば「笑いなさい　泣きなさい」なんていう歌詞との違和感からきているような気がした。その前の『死んだ男の残したものは』は、やはり谷川俊太郎詞、武満徹曲　だけあって、直截でない感情が却ってしみじみと心を打つものであった。

人柄として私がうわべを知っているだけだが、野田さんは純な少女のごとき感性の持ち主だからだろう、金子みすゞに傾倒したのだろう。野田さんはすでに「社会派フォーク歌手」として名を馳せているから、私がいまさら失礼なことを言うまでもないのだ。というのも、ご主人の中島光一氏の曲になる『よみがえれ大和川』の最後の高い叫びに似た声に野田さんの特色があると私は思って、彼女が好きであったというジョーン・バエズの声を私は呼び起こしていた。70年安保闘争のことをふと思い出したのだ。

第2部の李広宏氏の舞台を、私は驚きをもってみていた。昨年の第15回の時と見間違うばかりに堂々と演じていたからだ（『幸生凡語』96－97頁参照）。今回はスペインやイタリアの曲を交えていたが、どうやら西欧に出かけた経験が自信につながっているようだった。フランスの青年（ダニエル何とか氏、パリの東洋言語学部を卒業して日本語がペラペラで、今、群馬の富岡製紙工場で働いているそうだ。）を舞台に上げて紹介したり、手話の人と肩を組んだりした。だから、野田さんとのデュエット『広い河の岸辺』（スコットランド民謡、八木倫明訳詞、李広宏中国語訳詞）では、昨年と違い、

回生晏語 ──────── 081

II 2016年

自分を抑えて野田さんを立てるようにしていた。李氏はエンターテイメントとして十分面白さを盛り上げた。

毎回、手話通訳の人が手伝っているが、この人たちには本当に感激する。耳が聞こえない人もいるから、1人が客席側に立って、舞台の手話者に伝え、その人がそれを見て手話通訳するのだ。この様に二重になっていることに驚く。また、パソコン要約筆記として「かめタッチ」の皆さんが、舞台に大きく要約を映し出すのだが、昨年と比べて格段に速く正確になったのに驚いた。

最後に全員で「手のひらを太陽に」(やなせ たかし詞、いずみ たく曲)を合唱したが、その前に客席に門川大作(かどかわ・だいさく)京都市長がいると言うので舞台にひっぱりあげられた。門川市長も一言あいさつしたが、やはりこうなると盛り上がるものだ。フィナーレとして楽しく面白かった。

ロームシアター京都は、元京都会館と言ったところで、最近、小澤征爾が"こけら落とし"に指揮したりした新しい会館だ。だが、トイレの数が少なくて困った。我々は1階の前の方に座っていたのだが、ここは実質地階ということになり、一番近くのトイレが、スタッフ専用のトイレらしく、男女兼用のトイレで、それも3つしかなかった。1階にはたくさんあると聞いたが、どこにあるのか探し当てられなかった。探し当てたのは1つで、それは男女は別々であったが、今度は女性が長蛇の列であった。このロームシアターは、2,000人は入るというのに、こういう客のことを考えない設計者には本当に頭にくる。

第16回ヒューマンふれあいコンサートの広告

フィナーレの前に舞台に上げられた門川市長(左の和服姿)と李広宏氏(真ん中の燕尾服の人)と野田淳子さん(その右のマイクを持つ人)。後ろの台に立っている4人は手話の人たち。

- **facebook.** (2016.05.26)

今日26日に、本を頂いた。飯塚先生がまた訳本を出したのだ。

閻連科著、飯塚容訳『父を想う――ある中国作家の自省と回想』(河出書房新社、2016年5月30日、223頁、2,200+α円)

まず、「まえがき」を読んでびっくりした。とても良い！言っていることが胸にピイ〜んと響くのだ。そして、その言葉が平易で滑らかなので、安心して読めるのだ。言葉の平易さと滑らかさは訳者の"腕"であろう。「訳者あとがき」も、いつものように淡々と必要な事柄を幅広く紹介し、要点を冷静に述べている。訳者飯塚先生は、ずいぶんと"腕"を上げたなぁと思った。だから、閻連科の言う「父の世代の生涯における苦労と努力、不幸と温情は、すべて生きるため、生きる糧を得るため、そして年老いて死ぬためにあったのだ。」という本文を読むのが楽しみとなった。

・facebook.　　　　　　　　　　　　　　　　　　　　　　　(2016.05.31)
もと豆腐屋のGさんは86歳だそうだ。商売をやめて10年にもなるそうだ。私はこれまで1度だって、ここで豆腐を買ったことがなかった。
昨日リハビリの帰りに店の前で、Gさんは私を呼び止めた。私が杖をついて散歩をしているのを見ていたからだ。それから30分近くGさんは話をした。
入院して胃を全部取ってしまったそうだ。家で倒れたのだが、奥さんはとうに亡くなっていて1人だからなかなか助けを呼べなかった。結局、息子さんがお医者さんなので「簡単にちょいと切るだけ」と言われて胃を切ることになったのだそうだが、なんと娘さんが奈良県立医大に勤めているので、そこの病院に緊急入院することができたのだそうだ。手術は6時間かかる大手術だったそうだが、経過が良好で、1か月ほどの入院で、こうして戻ってきたというわけだった。
胃がないので、ものを食べるとすぐ腸に来る。それで、吐き気がしてものがなかなか食べられないと言う。「でも、お元気そうではないですか」と私が言うと、「こんな赤ら顔では私はなかった。とはいえ、お陰様で命が助かった」と言う。そして、「家にいても何もすることがない。寂しくてしょうがない」とも言った。「TVばかり見ていてもしょうがないから、お宅みたいに散歩でもしようかと思っている」とも言った。
今日の午後、私が店の前を通ると、ドアが開いていて音が聞こえる。覗いてみたら、Gさんがちょうど杖をついて出て来て、「そこら辺をちょっと歩くんだ」と言う。「やあ、偉いですね！頑張ってください！」と言って笑って別れたが、なんだかとても気持ちが温かくなった。

回生晏語 ———— 083

II 2016年

· **facebook.** (2016.06.03)

6月2日は忙しい日であった。東京から友人が訪ねて来てくれた。高校時代の友である。顔を合わすのは、それでも2年か3年ぶりだから結構会っていると言える。こちらの都合があって、京都駅前の地下「ポルタ」で会い、時間までいろいろな話をした。が、結局は健康の話ということになる。彼の方が10日ほど年上だが、病となれば私の方が多くていろんな経験をしている。少しも自慢にできる話ではないが、洗いざらい話して、それを受け止めてくれると言うか、判ってくれて笑いあってくれるから、友なのである。2時間近く話してから、京都駅に行き、「はるか」のホームに行き、家内が旅に出る見送りをした。彼も知らぬ仲ではないから、一緒に見送ってくれた。家内は「チロル　スケッチの旅」というツアーでオーストリーに行くのであった。多分、ヨーロッパには最後の旅になるであろうということで、半ばうれしく、半ば心配しながら、出かけた。家内を見送った後、また彼と食事をした。彼は21時台の「のぞみ」で新横浜に帰るのであった。家内を見送ってからの1時間半ばかり、食事をしながら日本酒を飲んだが、彼はすでに昨夜まで別の会で飲んでいたせいもあり、あまり飲まなかった。久しぶりに会って、人の奥さんを見送って、また飲むなんて、そんなに幾らも経験できることではないだろうから、"まぁいっか"といった気分だった。でも、お互い何も言わなかったけれど、忍び寄る"老い"の影をつくづくと感じた。海援隊の「思えば遠くへ来たもんだ」が、ふと口をついて出てきた。

· **facebook.** (2016.06.05)

今日は、女性におごってもらった。女性におごってもらうのは3度目だが、私は古い人間なのか、あるいは単なる変人なのか、女性におごってもらうのはなんだか沽券にかかわると言うか恥ずかしい気がする。それで、何度もこちらが支払うと言ったのだけれど、彼女には彼女なりの理があって、自分でためたお金を好きに使いたい。楽しいことに使いたいのだと言う。それで、私は引き下がり、楽しく、おいしくいただいた。久しぶりに会うから、いろんな話をしたが、主に今訳している文革の本についての話が共通の話題となって、面白く楽しかった。翻訳の難しさは今に始まったことではないが、やはり、厄介で難しい。厄介で難しいから却って楽しいともいえる。そういう味わいを共に味わった。

　実は彼女は、この間結婚したばかりの女性もお祝いとして招いていたので、その彼女とも一緒に楽しくおいしくいただいていたのだが、この私は無粋な男で気が利かず、その彼女が書いた論文について意見を言ってしまった。論文の内容に対してよりも、誤

字脱字などについてのことだから、意見というより文句と言った方が良いのかもしれない。内容に対しては、私は書き慣れればいくらでも向上すると思っているから、特に文句など言うつもりはないが、論文の体裁というか表現について多少なりとも意見を言うのが私は論文を読んだ者の務めだと思っている。これがいけないのかもしれないが、長年の習い性でつい意見が出てしまうのだ。かつて現役の教師のころは、卒論の試問でも、修論や学位の論文でも、試問の時に本人が自分の書いた論文の訂正表か正誤表を持ってこないと怒ったものだった。書いたものを見直しせずに試問を受けてパスしようとする心構えが良くないという次第だ。自分の書いたものはいつだって完全なものではない。思い込みや、時間がたって気づくこともある。常に最善を尽くさねばならない。発表する論文や卒論、修論などはまして慎重にしなければならない。それには私自身に苦い経験があるからで、そういう轍を踏ませないようにするのが教師の役目だと思っていたからだ。逆に言えば教師はいつも自分の失敗を反転させて学生に言えばよいのだともいえる。

　今日の私が自分のことを棚に上げて、偉そうなことを言ったのが、彼女にうまく伝わり、悪意からでないとわかってくれたかどうか。時間がなかったとか、急いでいたとか、PCがその時おかしかったなどという言い訳は全部私も経験済みだから理解できるが、そういうことに甘えないで結果だけで判断する、ある意味で厳しい意見も必要な時があるではないかと思う。

· **facebook**. 　　　　　　　　　　　　　　　　　　　　　　　　（2016.06.06）

今日は驚いたことが2つあった。1つは良いことで、1つは悪いことだ。
悪いことは、CREの値が3.1を越えたことだ。
良いことは、2日に会った友が贈り物を送ってくれたことだ。私は彼の体の方を気にしていて、電話を掛けようかどうしようかと迷っていたのに、彼の方が私の一人生活を気遣って、ただチンすればよいだけの"おかず"を送ってくれたのだ。焼き魚をパックにした手軽のもの。私はペースメーカーを入れているからチンはあまりよくない。だから、湯煎でも良いのを送ってくれたのだ。
ただただ感謝の念でいっぱいだ。今夜にでも電話をかけてお礼を言おう。

贈ってくれた「海鮮真味」

Ⅱ 2016年

・facebook.

(2016.06.08)

久しぶりに祇園に出た。相変わらず多くの外国人がいる。ほとんどはアジア系の人で中国からの人が多い。中国と言っても、大陸とは限らない。台湾からの人もいれば、香港からの人もいる。少し前までは、格好良くて様になっているのは台湾か香港の人だったが、このごろの大陸からの人もあか抜けてきている。だから私はこう思った。中国大陸からの人はどんどん世界旅行をして、ファッションにせよマナーにせよ体得してくれたらよいのだ。例えばバスに我先に乗って、空いている席めがけて子供を座らせに行かせる。こういう態度があさましいといつか思ってくれたらよいのだ。日本人では、たとえ赤ん坊を携えていても、そんなにがつがつしないし、また、誰かが助けの手を差し伸べる。だから、悠然としているように見える。私には、今の中国のトップたちが少しも悠然としたところがないのが気になっている。習近平、楊潔篪、王毅などといったトップにどうしてあんなに余裕がないのか不思議だ。やはりなまじ軍隊なんてあるから、軍に押されているのであろう。早く本来持っていた中国人の悠然たるところを外交においても持って見せてほしいものだ。それはそうと、私が祇園に出た目的は、そんな感想を抱くのが目的ではなく、これも久しぶりに何必館（＝京都現代美術館）に行って写真展を見るのが目的だった。『Sarah Moon 12345 展』が開かれているのだ。私には絵も音楽もろくにわからないが、写真は一層わからない。なんだか絵画のようなパネルが約 80 点展示されていた。「黒頭巾ちゃん」などという「赤ずきん」をもじった写真と動画とがあった。落ち着いて動画を見ていなかったが、それと、他の、女性の背中を写した写真を見ていると、彼女 Sara Moon は、女性の秘めた美と神秘性をそういうところから抉り出そうとしているのだなと思った。だから、私には彼女が撮った女性の写真は妙に生々しかった。

・5箱

(2016.06.11)

今年はあまり咲かないかもしれないと思っていたアジサイがやはりきれいにいっぱい咲き出した。黄色い色の未央柳がほとんど散って、淡い紫のスイトピーが代わりのように咲いている。カラーが白い色ですっくと咲いているが、なんだか寂しげである。ここしばらくは寒いくらいであったが、昨日から暑くなった。そうすると冷蔵庫に入っている冷たい飲み物がドンドン減っていく。暑さにも弱いけれどまだ冬よりもマシだ。たった 5 箱の段ボールに本を詰めて、「KANDAI 古本募金」とやらに出した。私にとってはどの本も身を切るようにつらかった。今までそんなに大事にしていたわけでもないのに、いざ送り出すとなると未練が残るのだ。どれも十分に読んではいないし、

活用したわけではない。邪魔になるというだけで、我が身の傍から出て行ってもらう次第だ。「バリューブックス」とかという査定をする本屋さんが、それぞれの価値をわかってくれるだろうかと気になるが、自分の手元から離れたものを気にしていてもしょうがない。自分で断捨離をしたのだから。

それにしても、たった５箱を選ぶだけでも時間と辛さが掛かった。まだまだ残っている本のうち、どうやったら５箱選ぶことができるだろうか。なにも５箱と決まっているわけではないのだが、たとえ１箱でも辛いことは辛いのだ。もっともっと箱にスムーズにどんどん詰め込められそうなのに、いざ本の表紙を見て題字を読んでしまうと、「おや、これは役に立ちそうだ」とか「まだ読んでいないぞ」とか「いつかきっと読みたいものだ」と思ってしまう。

「この本は、○○のとき買ったのだ」とか「これは今じゃ、手に入らないのだぞ」などという感慨や、「あの時代に○○円もして買ったのに……」「この本はあの先生が……」などという回憶を振り払うことは、自分の人生への決断と、老いそのものを受け入れる勇気がいることだ。意気地なしの私だが、そういう年齢になったのだろう。

・facebook.

(2016.06.11)

昨日、今日と私にとっては大きな決断をした。

まず、JCOMでタブレットを購入したのだ。私は胸にペースメーカーを植え込んでいるので、こういう機器は使わないことにしていた。だから、携帯も持っていない。でも、今は15センチ離せば大丈夫だということになっているらしい。それで、思い切って買ったのだ。この頃の私はこういう決断を、よく考えもしないですることが増えた。

JCOMの人が帰ったあと、やはり１人になるとどうやったらよいかわからない。思うように動かないのだ。どうも間違って入れたものを削除する機能がよくわからない。メールにせよ、インターネットにせよ、思うようにならない。25日に講習があるそうだから、それまでうまく操作できなくても我慢しようと思っている。

今日は、本を段ボール５箱に詰めて、「kandai古本募金」なるものに送った。本を断捨離することはとても辛い。今までそんなに大事にして使っていたわけでもないのに、いざお別れするとなると、身を切られるような辛さだ。１冊１冊に思い出がある。それはまるで私の過去そのもののようだ。私のごみ溜めのようになってしまった部屋の中から、段ボール５箱分の本を選ぶのは、とても時間がかかり、辛いものだった。今更、過去と別れを告げてもしょうがないとはいえ、少しでも空間を広げねば、今の生活がスムーズではない。そういう理由での決断だったが、やって来た宅配便の人は、さっさと箱を１

回生晏語 ———— 087

II 2016年

人で持って行って、実にあっけなかった。

- facebook. (2016.06.12)

井波さんからまた本を頂いた。

井波さんは先に岩波新書から『論語入門』を出したが、それでは不十分とばかりに、今度は孔子と弟子たちの対話の記録を現代に生きる"人間愛の世界"として、再構築しようとするのである。そうして読者が身近に感じてくれることを願っている。

私には、これは驚きの本である。井波さんといえば、『三国志』や『世説新語』の世界を得意とする軽妙な才女であった。それが、『論語』という堅固な古風な儒教のもとになる本に取り組んだのであるから、もう立派な学者であるとしか言いようがない。中国の伝統を追求してきたこれまでの業績の集大成となろう。心して、居住まいを正して読まねばなるまい。

蛇足を一つ付け加えれば、「解説」の最後に、彼女は多くの人に謝辞を述べている。その中に、「校正」の人の名前も上げている。そうなのだ。大出版社になれば、「校正」の人が別につくのだ。私が中公新書を出した時も、「校正」の人がついた。…最近、連続して若い人の本や論文を読んで、「校正」がなっていないことに呆れている。むしろ腹を立てているといってもよい。確かに間違いや誤字などは本人にはなかなかわからないものだ。第3者の目が必要だ。それにしても、自分で最低でも「2校」まではやったに違いない。それなのに、どうしてこんな簡単なことに気づかなかったのか！

今、井波さんの本を見て、「校正」に第3者がつくことに新たに気づき、今回発表したものに間違いがあった彼女らにこう言いたいと思った。「校正」の大事さに慎重になり、深く反省し、早く大出版社から本を出しなさい。井波さんのように大物の作者になりなさい、と。

- facebook. (2016.06.13)

承諾をありがとうございました。今後ともよろしくお願いいたします。このワンちゃんは、なんという名前だったのですか？差し支えなければお教えください。

＊酒井政信：こちらこそ宜しくお願いします。ララ（メス）と言います、ララは

1997年生まれ、我が家に来たのが、2003年、すぐに懐いてくれました。それから9年家族の一員として一泊旅行にいたり、私の趣味の渓流釣りにつれて行ったりドライブに行ったり、9年間ですが私の人生の想い出の一つを作ってくれました。晩年は長患いもせず私と静かな余生を過しました。逝って3年になりますが、かねてからお遍路の旅に行ってまして、最終札所88番のお参りの最中家族から間に合わないかもしれないと連絡がありましたが、ララは待っててくれて、夜中に私の膝元で静かに息を引き取りました。ララは私の心にいつまでも生きています。これからもどうぞよろしくお願いします。

＊邱羞爾：ありがとうございます。良い話ですね。ペットの嫌いな私でも感動しました。メスのララちゃんとは……オスだと思っていました。娘さん以上の深いつながりだったのですね。

· facebook.　　　　　　　　　　　　　　　　　　　　　　　　　　(2016.06.14)

杉村理君がとうとう本を出した。

『三続・悲しき骨董』（ブックハウス、平成28年6月11日、82頁）

『悲しき骨董』シリーズの4冊目である。私はこのシリーズが好きであり、彼の勉学の努力と、文章のすばらしさに感心している。なかなかの名文で、それを読むだけでも楽しい。

「まえがき」によれば、"美しいモノへの愛を記述するのだから自分の美意識にそむかぬ文章を書きたい。"また、"自分という美意識の塊があって、モノも文章もそれにそむくことができない。美意識を自己愛と言い換えてもよい。自己愛の表白だと思って読んでもらえばいいが、そんな性質の文章だから、タダで配っても読んでくれる人がほとんどない。文章も他人の関心を引いてこそ読んでもらえる。独りよがりとはこういうことをいうのだろう。"とある。

同じような位置に身を置く私としては、実によくわかる文章だ。この屈折した思いが、1人でも2人でもわかってくれる人を哀しいまでに追い求めている。

「後記」は、"美しいものが好きである。美しいものを見ると胸が緊めつけられる。思わず息を呑み、立ちすくむ。"という文章で始まる。こういう文章から"人間とはまことに不思議な、矛盾に充ちた存在である。"で終わる物言いに、私は彼が一皮むけた姿となって、この本に出現していると思った。

いつものように、また、時間を見つけて全部読んでみよう。

＊Shigemi：同感です。
ただ僕には十代の頃と殆ど変わないようにも感じます。あのなんとも微妙な精神のバランス感が。

＊邱羞爾：Shigemi君、バランス感はそうかもしれませんね。彼は相変わらず、勉強していますね。こういうところこそ10代のような気がします。君も新しい山登りに挑戦するなど、彼同様若々しい。

＊Miki：骨董に関する本でしょうか？

＊邱羞爾：コメントをありがとうございます。そうなんです、骨董に関する本です。もしご興味がおありなら、お見せしますが、いかがですか？

＊Miki：ありがとうございます。
私は骨董には疎いのですが、上司が愛好家なので、贈り物にどうかなと思い、興味を持ちました。市販はされてなさそうですね？

・facebook. (2016.06.16)

小川先生から本を贈ってもらった。
長堀祐造・小川利康・小野寺史郎・竹元規人編訳『東洋文庫872 陳独秀文集Ⅰ──初期思想・文化言語論集』（平凡社、2016年6月10日、382頁、3,100＋a円）
小川先生は、「第1巻解説」の「2 言語・文化諸作について」を担当している。そのなかの「旧体詩創作」が私にはとても役に立った。

木山英雄や陳平原などの文章の引用は誠に適切で大いに刺激的であった。たとえば、"互いに詩の応酬を行っていたことを指摘し、戦乱のなかで精神的慰安を得るために旧体詩が必要だったと述べ、抗戦期の8年だけでなく文革期の10年についても同様だったと指摘しており"という引用が特に印象に残った。
ここで挙げられている「告少年」（1939年）は陳独秀の雄渾な自筆が残っている貴重な旧体詩である（352−353頁）。この詩の題名が「少年に告ぐ」と古文で訳してあるのは当然であるが、"いちばん平易でいちばんわかりやすい俗語"を標榜した陳独秀の「告新文化運動的諸同志」（1920年）という文章があって、その題名を「新文化運動の

同志諸君に告げる」と口語で訳すのはもちろん正しい。だが率直な感想を言えば、それでもへそ曲がりの私には、やはり「新文化運動の同志諸君に告ぐ」の方が当時の雰囲気や陳独秀の気概としてぴったりするような気がした。

・facebook. (2016.06.19)

京都は33.5度となったが、他の場所では35度以上にもなったので、全国的にはそんなに印象強くはないが、それでも暑かった。だから、散歩も夕方の5時過ぎにすることにした。夏至を迎えて太陽がだいぶ西山の北側に沈むようになったから、帰り道の同じ西向きに歩いていても汗の出方がややマシである。といっても帰宅したらシャワーが欠かせない。

米沢隆氏が亡くなったと新聞に出ていた。ひょっとすると私の知り合いかもしれないのだが、自信がない。彼は"二浪"して京大法学部に入ったと聞いていたから年恰好も、出身地も鹿児島であるし、写真の顔も似ているような気がする。以前にも選挙や結党の際のニュースで気にはなっていたのだが、あの彼がこの彼であるのか確定できなかった。というのも、1つは、名前が"隆"であったか思い出せないからである。そしてもう1つは、私の知っている彼は悪友であるからである。京都の南の"六地蔵"の下宿生活を共にした仲である。年上だからいわゆる悪いことをいろいろ話してくれ、教えてくれたのが彼である。私の大学1年は彼のおかげで楽しく且つ基本的な生活が決まったともいえた。彼と最後の別れは、「俺に金をやれ」という言葉であった。「貸してくれ」とは言わず、「俺にやれ」というのがおクニ・鹿児島の言葉だそうだ。毎晩のように麻雀をしたが、それでも、ある日下宿から歩いて勧修寺まで行き、ともに蓮の花をスケッチしたこともあったのだから、どこかに純な気分が残っていたのだろう。享年76歳、旧民社委員長という彼を、私の知る彼として懐かしみ、偲ぶには、やや恐れを感じる。

ＪＣＯＭが来て新しい機械に取り換えてから、インターネットになかなかつながらなくなった。特に夜の10時過ぎになるとほとんどつながらない。ルーターのコンセントを抜いたりしてみるが、私の力ではだめだ。昼間、電話で文句を言ったが、その時はつながったので、どんなに「夜はダメなんだ」と力説しても、取り合ってくれなかった。「時間限定でつながったりつながらなかったりすることはない」と言われれば、どうしようもない。故障が起きているその時に、何でも対処してもらうしかないのが鉄則なことぐらい知っているではないか。

机の上に山積みになっていた紙類を整理した。1日で終わるところなんと3日もかかっ

II 2016年

てしまった。研究会のレジメだとか、医者の「あなたのおくすり」だとか「診療明細書」「検査報告書」「診断書」「判定結果」など、医療関係がほとんどだが、「年金送金の案内」「介護保険料」「後期高齢者医療保険」「国民健康保険」それに「市・府民税」「固定資産税」など。今年度の分は取っておくが、それ以前のものは比較してもしょうがないから「ええいッ」とばかり断捨離した。いつものことだが、思ったより少なくはならず、机も広くはならなかった。

・facebook. (2016.06.19)

私のＦＢは２つあるのでややこしい。以前にも書いたことがあるけれど、１つにしたいが、写真がうまく載らないので、２つとも使っています。１つはたぶん「とんがり帽子」をかぶった絵のあるもので、もう一つは「大文字の送り火」の絵のものです。「とんがり帽子」をかぶった絵のほうが本来の私のＦＢだったのですが、ＰＣが壊れたことなどがあって、アカウントがわからなくなってしまったのです。それで、今使っているメールをＩＤにして、パスワードを新たにしたのが「大文字の送り火」の絵のほうです。

どちらか一方にしようかどうしようかと迷った挙句、両方に同じものを入れることにしました。実に芸のないことですが、ご了承ください。

手始めに、我が家に咲いているアジサイの写真を載せます。昨年は２つほどしか咲かなかったのです。ちょうど洗濯物を干すところに咲いているので、植木屋さんに「邪魔だから、もっと切って小さくしてくれ」と頼んだところ、「あまり、小さく切ってしまうと花が咲かない」と言って切ってくれなかったのです。

なるほど今年は大きくたくさん咲きました。もう峠を越えたような気がするのですが、今日のように雨降りであれば、アジサイは元気です。そして、あの植木屋の爺さんはさすがにプロだなぁと感心した記念に写真を撮りました。

・好並君の論文 (2016.06.22)

もう５月のことになるが、好並晶（よしなみ・あきら）君が３篇の文章を送ってきてくれた。そして、「ご叱正下さい」とあった。私はいただいた「抜き刷り」はほとんど読むのであるが、すぐというわけにはいかない。すぐではなく、ちょっと置いたりす

ると、時には次々と「抜き刷り」や本をいただくこともあって、読む機会を逸してしまいがちだ。

ただ、彼の「ご叱正下さい」には、せっかく書いたのにそれほどの反響がないことへの不満と、いささかの自信作としての矜持があるように感じた。それで、梅雨空をきっかけに、やっと昨日から今日にかけて読むことができた。一言で言えば、面白かった。なんといっても「中国映画にみる"文革"叙述の意義」が力作であり、内容の濃いものであった。"文革"という社会現象の叙述の仕方を、大雑把に見るならば、好並君が注記しているように、同済大学文化批評研究所所長の張閎の言う、1傷痕叙事、2紅衛兵や知識青年たちの神話叙事、3紅小兵たちの諷喩叙事の3つに分けられ、そして第4として消費叙事があるとするのが中国の定説のようだ。好並君は、"文革"という"公的記録"と"私的記録"に分けて、映画『青春祭』と原作の張曼菱の小説『有1個美麗的地方』を比べ、映画の監督・張暖忻の叙述方法を解析する。同じように、張芸謀の映画『サンザシの樹の下で』と艾米の小説『山楂子之恋』を引き比べ、小説にある"私的記録"が"公的記録"によって純化される様を分析している。ただ、彼はそうした"文革"の記憶が、現代中国の消費社会においてもいろいろな面を持つ多面体として、みるものに訴えているではないかと言い、「"革命"時代さえも消費する現代」と言う中国の論者への疑問を呈しているのである。

彼は映画がよくわかる。ということは、映画に使用される技巧についても理解できるということだ。例えば、次に引用するように。「"ヤー"が李純を愛でる逆行気味のショットや、"ヤー"の死去から葬送、土石流で消滅した村を描出するシークエンスは、李純自身の心象風景という本作品の幻想的基調を創出している。しかし、主にハンディカメラによる移動ショット、例えば李純の日々の労働である「水汲み」の2分20秒に及ぶワンショット撮影の映像は、……」

これが論証の確かさを保証している。彼の綿密な論証と豊富な例示とは読むものをして感心させるに十分であるが、あえて言えば、取り上げた2作品がやや古くはないかと私は思った。

もう1つの論文「異文化と"勘違い"——いま、中国を講ずることについて」(『近畿大学総合社会学部紀要』第4巻第2号、83—93頁)は、好並君の会心作である。中国を知ることは中国の文化習慣を知ることであり、安易に誤解しないことが必要だと叫ぶように書き付けている。そのうえでの中国語であることを彼は強調している。だが、日本の"90后"は現在の中国政府や軍隊の対日の対応から、完全に嫌中となり、中国の文化を他者の文化として理解しようとしない。それに対する好並教師の格闘の報告

である。だから、「例」の列挙にも勢いがあって、なるほどと思わせるものが多い。最初のマイケル・ジャクソンの「Beat It」からして、「勘違い」であることを見事に明示している。私には、「３．贈り物をすること——日中文化衝突を体験する」が面白かった。「一介の留学生たる私が、日常より"老師"と呼ばれている組織の「長」たる人物に対し、同等の目線から歯向かっていたからである。」という彼の総括が的を射ているからである。飛躍していえば、現在の中国政府の態度がまさにこのような態度であり、日本のごとき落ち目の小国が上昇の大国中国に対して不遜な態度をしていることにあたかも怒っているかのようではないか。昔から外交は朝貢外交なのである。

彼は「結語にかえて」で、「負のイメージの払拭のみならず、もう一つ奥側に潜む中国固有の文化、我々にとっての"異"なる文化に自ら手を伸ばし触れようとする胆力が、彼らに試されているものと私は考える。」と言っている。この言やよし、だ。彼は現役の教師として、若者に期待を寄せている。熱血漢たる好並先生の面目躍如といったところだ。１人でも、この期待に応える者が出現するであろうか。

彼は「勘違い」と言う。果たして勘違いなのだろうか？「勘違い」とする態度はあくまでもこちら側の正しさが動かないのではなかろうか？

私が読んだ順番からいうと、最初は「孫瑜『銀海泛舟——回憶我的一生』」（『中国文芸研究会会報』第414号、８－９頁）という「自伝・回想録を読む会」解題のコラムの文章である。孫瑜の自伝の紹介であるが、やはり誰もが気を引くのは彼が監督した映画『武訓伝』にまつわる話であろう。だが、好並君はその事件にまつわる孫瑜の苦境よりも、「私は一貫して青年たちを主人公に置き、彼らの溌剌とした向上の気概を励まし讃えた」という孫瑜の物言いを取り上げている。だから、「五七幹部学校」の宿舎の床に芽吹く葦の強靭な生命力にいたく感動を受けるという場面を特筆し、"苦難の向こう側を見る楽観主義が孫瑜の創作と人生を貫いていた"と指摘し、この本を"名著である"と評価する。

私は何よりも「五七幹部学校」が出てきたことに注目した。そうなのだ、文化人の文革を語るには、「五七幹部学校」の存在を抜きにしては語れないだろうと私は思っているので、好並君のこの文章を「好！」と思った。

３篇を通して私は好並君の勉学の多様さと深まりを感じた。映画という媒体を通して、監督の意識を吸い上げる技は見事である。小さなディテールを通じて「私的記録」が社会と結びつくという論の展開は見事であった。だから、安易な社会時評のような態度は取らないほうが説得力を持つだろう。そういう意味で、例示は多ければ多いほど良いというものではない。却って散漫になるだろうから 。

・facebook.
(2016.06.22)

今日は、左京区役所にマイナンバーカードを取りに行った。割とすいていたので早めに終わった。私はこのマイナンバー制度に反対であるが、決められてしまったものをどうしようもないから、早くから申し込みをしておいた。昨年の11月ごろだったと思う。それがおとといの月曜日にやっと通知が来て、9月2日までに取りに来いとあった。このことにも頭にきたが、小さなことにこだわるまいと、「本人確認」をもって取りに行ったのだ。こちらが望みもしないのに、管理の都合によって何かと登録させられる。こうして、個人的自由は狭められ、数字化されて管理対象となる。

このところ続けて読んでいた好並君の論文3篇をやっと読み終わったので、宿題が終わったようにホッとしている。私の感想はブログに書いたので繰り返さないが、1つだけ述べておこう。

それは彼が体験した中国での"礼物"（＝贈り物）の役割だ。彼は"礼物"をしなかったので、留学生係の室長につらく当たられ、帰国すんでになるところであった。その苦境を救ったのが"礼物"をもって下からお願いする態度であったという。"礼物"は決して賄賂ではなく、互いの上下の位置を確認する重要な印なのだということである。私はこのところを読んで、日ごろ不愉快に思っている中国の外交の態度が少しわかった気がした。日本が自分の位置をしっかり認識すること、つまり、今や落ち目になっている小国で、大国中国の経済力に頼らねば生きぬけていけないことを考慮しなければならないのだ。少なくとも今の中国政府はそう考えている。したがって、対等に話をしようとするような不遜な態度をとる日本にいら立っているのだ。彼らはいつか日本に反撃してぎゃふんと言わせたいと思っているに違いない。簡単に言えば、昔からの朝貢外交が根強く中国全般にみなぎっているのだと強く思った。こういう意味で、好並君の論文はとても役に立つ面白い論文だった。

・facebook.
(2016.06.26)

25日の土曜日に、雨の中、京都駅近くのJCOMに行って、タブレットの講習を受けてきた。定員10名のところなんと3名だった。午前中の講習はいっぱいだったそうだが、土曜日の午後2時半からの時間がよくないのだろう。2人の指導者がついて、初歩的な動作から教えてもらった。"タップ"だとか"フリック"など、また"なが押し"など。これは慣れの問題なのだろうが、私には結構難しかった。インターネット接続やテレビ、カメラの機能についても教わりよくわかった気がしたが、家に帰って1人になったらスムーズにできるかどうか不安だった。私はメールがつながらなかったこと

II 2016年

が残念だった。どうやら私のPCの設定に問題があるらしかった。そのほか、教わった「マップ」の機能が、家に帰るとなかなか"音声確認"をしない。それでも、いきなり世界のどこでも見ることができるのには驚いた。

今日の日曜日、午前中は晴れ間も出ていたので、買い物がてら散歩をした。途中、"ネムの花"を見た。「あぁ、カオシー花だ」と思わずつぶやいた。私がかつて北京で日本語を教えていたとき、「アルワイ（＝二外）」の蘇琦さんが、「この花は、試験のころになると咲くのですよ。だから学生たちは"考試花（＝カオシーホワ）"と呼ぶのですよ」と教えてくれた花だ。北京の6月末から7月初めにかけてよく咲いていたが、今はどうであろうか。

＊劉 雪雁：合歓。すでに咲いています〜

＊邱羞爾：劉先生、ありがとうございます。私の記憶では、日本に比べて結構高いところに咲いていましたが……。

＊劉 雪雁：萩野先生、そうです。日本の合歓木より高いような気がします。

＊邱羞爾：いや〜、写真をありがとうございます。よくわかりました。なつかしいです。

＊幽苑：日本は樹木を剪定しますが、中国は自然のままですから背が高いですね。合歓の花と言えば、美智子皇后妃の『ねむの木の子守唄』が思い浮かびます。

＊邱羞爾：なるほど！剪定するからですか！よくわかりました。

・facebook. (2016.06.30)

今日は6月30日。今年も半分終わったということになる。このところ、吉田神社の「夏越の祓」をきっかけに丘を越えて神社に行くことにしている。折あしく小粒の雨が降ってきてコンディションはよくなかったが、思い切って出かけた。「人形（ひとがた）」のお札に名前と年齢を書いて、お志を入れて出し、このお札を焼いてもらうのが「夏越の祓い」だ。

「人形」には本来、本人が3度息を吹きかけて袋に入れるものなのだが、今日は私1人がすべてに3度息を吹きかけた。

「後一条天皇陵」を通り過ぎ、右に曲がって急な「宗忠神社」の車参道を上り、「竹中稲荷」の真っ赤な鳥居を右手に見て、やっと下りになると、右手に「大元宮」が見える。今日は閉まっているので、そのまま急な下り坂を下りる。吉田神社の境内に着くと、広場になって「茅の輪」が見えた。「茅の輪」は雨で却ってすがすがしく見えた。勇んでくぐってから、社務所に行き、お札を収めた。帰りに「本殿」に立ち寄り、神妙に柏手などを打って戻ることにした。そうだ、3度くぐるのであったと、もう一度やり直して前と後ろと3度ずつくぐってきた。人がほとんどいなかったので、のびのびできた。4時から火を焚くそうだが、それまで居ずに早々に戻った。といっても、ペタペタとオッチラヨッチラと歩くのであるが、雨傘を持っていたので、つえを持ってこなかったが、何とか休まずに帰ることができた。私にとっては大行事であった。

これで、おやつに「水無月」を食べれば、6月末の行事は終わりだ。

・金戒光明寺（こんかい・こうみょうじ）　　(2016.07.02)

京都文化財団と京都文化博物館の主催の『平成28年度　文化財鑑賞と朝がゆ体験〜頭に智恵、心に栄養を〜』の第1回金戒光明寺に参加してきた。定員80名である。朝の7時15分に、御影堂（みえいどう）前に集まれということなので、かなり苦しかった。山門から御影堂までの階段が随分あるので、階段を上がるのが苦手な

パンフレット　　　　時間割と参加券

私には苦しかったということにすぎず、本来、寺などは修行の場であるから、「苦しい」などと弱音を吐いてはいけないのであろう。

8時半からの「講話」は面白くためになった。金戒を「こんかい」とよむのだ。「今回からはしっかり覚えてほしい」などと笑わすのだ。ここは法然上人が開いた浄土宗の本山で、俗に「黒谷」と言われる。比叡山の黒谷で、法然上人が修行したからのようだ。源平の争いの熊谷直実が平敦盛の首をはねて世の無常を感じて、ここで法然上人

の教えを聞いたそうだ。だから、その時の鎧をかけた松だとか、鎧を洗った池などがあるそうだ。松はもう3代目になっていて、今は小さなものにすぎないが。

江戸になると家康との関係が深まったそうだ。幕末の会津藩がここに陣を敷いたことでも有名で、会津藩士の墓がある。ここは京都を一望でき、街道にも面していて要衝の地であったという。しかし、4度の火災にあって、現在の御影堂は昭和19年の再建という。昭和19年という年にこれだけの大建築をしたことに驚く。あちこちに工夫がなされていて、たとえば屋根も銅葺きであったところが、瓦になり、回廊の欄干の擬宝珠も錫をかぶせずに、木をくりぬいて作ったなど……。それにしても、戦災でやられなかったことは幸いであり、さすが京都の建造物であるなぁと思った。

紫雲の庭に降りて、庭を一周したが、緑が濃く、日差しが強くなってきたものの、まだ爽やかであった。法然上人の一生を3つに分けて大小の石で表現されていたが、「幼少時代　美作国」の大小3つの石の小さな石が幼少の法然上人であるという説明には思わず笑みがこぼれた。

右の石のうち、白く小さく見えるのが法然上人の幼少のころ。すぐ後ろを囲んでいる2つの石が両親。

また、大方丈に戻り、「山越阿弥陀図屏風」のレプリカや、中山文殊や吉備観音の説明を聞く。吉備真備が遣唐使として中国に行き、無事に帰国したお礼として1本の木の千手観音を奉納したそうだが、法然上人より古くから別院に祀られていたものらしい。私個人としては、若冲の「鶏図」が見られなかったことが少し残念であった。

そしていよいよ「朝がゆ」である。「清和殿」でA班、B班合同の80名がそろって、朝がゆを食べる。その前に、阿弥陀仏を10遍念じて、いただくのである。梅干し1個とたくあん1切れ（2つになるよう切れ目が入っている）と大きなお椀におかゆが一杯。食べた後また、お礼の念仏を10回唱えて、おしまいとなった。

俗な私は、アンケートに「おかゆ1杯では足らない」と書いておいたが、きっと「物のわからぬ奴メ」と思われたに違いない。朝ご飯を食べて行ったから、私自身はそんなにお腹は空いていなかったが、本当に朝ご飯を食べないで行ったとしたら、とてもお腹が空いたことだろう。それはともかく、「朝がゆ体験」は私としては面白い得難い経験であった。金戒光明寺は家から割と近くだから、歩いても行ける。真如堂から裏に回って墓地伝いに行けば、会津藩の墓

左はお茶。右のお椀の朝がゆに梅干し1個と沢庵1切れを入れて食べた。

や春日局の墓などを見て、黒谷に行ける。
秋の紅葉にもまたやるそうだから、今度は別のところに申し込むかもしれない。

・facebook.　　　　　　　　　　　　　　　　　　　　　　　（2016.07.10）
9日の夜、「喜さ起（＝きさき）」での第7回「喜さ起」落語会に参加してきた。「喜さ起」40周年記念公演で、桂米紫（＝かつら・べいし）と桂小鯛（＝かつら・こだい）が演じた。私の体調が悪かったので、久しぶりに大いに笑って元気づけた。幸い小雨もやんでいた。
小鯛は、昨年もここで演じて「時そば」をやった。でも、1年の時間は驚くほど芸の進歩をもたらし、今回の「チリトテチン」は、腐った豆腐を生意気な男に食わす話だが、とても面白かった。やはり落ち着きが出たことが一番の進歩だろう。落ち着き、すなわち余裕があるということは、自分の芸の世界にノッているということだろうから、聞く方も安心して笑える。
米紫は、数々の新人賞を取った中堅だ。大きな声としぐさが元気があって、これも大いに笑わせたが、あえて言えばもう少し、抑えるところは抑えた方が良かったのではないか。「代わり目」という、酔っぱらった亭主が、夜遅く奥さんに酒を買いにやらせて、その留守の間に、奥さんへの感謝の言葉を漏らし、それを奥さんに聞かれてしまうという話であるが、この辺は、ぐっとしっぽりとやった方がアクセントが強く出たのではなかろうか。確か、古今亭志ん生がやっていたように思うが、それを聞いたのはラジオの時代だった。

・facebook.　　　　　　　　　　　　　　　　　　　　　　　（2016.07.11）
10日（日）、J:COMのチケットに当たったので、西京極のグランドへ「京都サンガVSザスパクサツ群馬」の試合を見に行ってきた。うまいこと台風の影響もなく、久しぶりに晴れの空のもとでの試合を見ることができた。試合は最初からサンガが押しており、シュートを何発もしたと言うのに、一発もゴールに入らなかった。どうやら25分ぐらいからサンガは疲れてしまったようで、中盤のパス回しが多くなってしまい、逆

Ⅱ 2016年

に群馬に攻め込まれ、危ういことが２,３度あった。
でもとにかく前半が終わり、後半戦になった。今度は、群馬の方が元気よく攻めて来て、サンガは防戦一方だった。選手を３人も入れ替え、何とかゴールを目指したが、どうしても上に飛んでしまうのだ。結局、０対０の引き分けで終わった。終わってみると、どっと疲れが出てきたが、涼しい風も吹いてきて、まぁまぁの観戦だったのだろう。今回は今年初めてのサンガの試合の観戦だが、人が大勢応援に来ているように思った。昨年買ったサンガの手ぬぐいを喜んで振って、みんなと一緒に応援した。

私の家から、西京極のグランドまでは、バス１本で行ける。とても便利なのだが、そのバスが５：12のはずが、５：30になってやっと来る始末だ。帰りも遅くなったから、帰宅は10時を過ぎていた。帰るとTVは選挙結果を知らせていた。

パンフレット(9番、ダニエル・ロヴィンヨ)と入場券。

パープルサンガの手ぬぐいを持っての応援。

＊Yumiko：昨日の試合、行かれてたのですね。昨年雨中観戦されていたことも覚えております。昨夜はずいぶん蒸し暑かったのではないでしょうか。私は応援の音が聞こえてくる自宅でテレビ観戦してました。中盤の動きの悪さやシュート精度の低さにがっくりきてました。このところユーロを見ていたせいかレベルの違いを感じずにいられません。
先生、どうかお疲れの出ませんよう今日はゆっくりなさってくださいね。

＊邱羞爾：Yumikoさん　君の家は応援の音が聞こえるところなのですか？ひょっとして出会えるかもしれませんね。試合は君の言う通り、「がっくり」です。でも、楽しい夜を過ごせました。１点でも入れていれば……もっとよかったのに。

- facebook. (2016.07.21)
ハマユウ

この頃体調が悪いせいもあるのか、しょっちゅうポカをやってしまう。例えば、先日外国へ郵便を出して、その代金受け取りを受け取るのを忘れて、わざわざ戻って取りに行ったりした。今日は寺町の電器屋で２つの買い物をしたのだが、１つの買い物で

あるインクカートリッジを買って、なんとお釣りを忘れてしまった。帰宅してお金が足りないことに気付いたが、どこかで落としたのだろうと思って諦めていた。しばらくして、電器屋から電話があり、「カードの話に気を取られてお釣りを忘れた」と言う。そして、お釣りを家まで届けるとも言う。

私は実に助かった気がした。やはりお金をなくしたのではなく、釣りを受け取ってこなかったのだ。正直な電器屋に感心したが、なんとボケな自分であることかと痛く反省した。夕方、釣銭を届けに来て、「また来てくださいね」と彼は言ったが、もちろん私は、この電器屋エディオンで又買いものをするつもりだ。

昨日から、ハマユウの花が咲きだした。ハマユウなんて我が家には似つかわしくない花だが、この花は、ある友人が置いて行ったものだ。しかし、その友人はすっかり私の家に置いたことなど忘れて、「ハマユウの花が咲いたよ」と言っても、何のことだと言わんばかりに、「俺とは関係ない」という顔をするのだった。それで、却って、ハマユウが毎年咲くのをこちらは気にかけ、そして、そのたびごとにあの無粋な彼のことを思い出すのだ。

・facebook.　　　　　　　　　　　　　　　　　　　　（2016.07.22）

　　　＊Yumiko：先生、誕生日を祝っていただき有難うございます。
　　　はい、下の子も大学生になり、ちょっと一息つけました。
　　　あとは上の子がどうなるか…です。自己アピール等は到底できない難しさを持っていますので就職も苦戦中です。ま、なるようになりますね、きっと。

　　　＊邱羞爾：そうか、もう就職活動の年になられたのですか。ここまで、何とかやってこれたのだから、これからも何とかやってください、としか言えないのが申し訳ない位だ。でも、焦らないで「なるように」やってください。Yitingは、ともあれ、誕生日を祝って、今日ばかりはよろこびましょう。

・facebook.　　　　　　　　　　　　　　　　　　　　（2016.07.27）

今、私の仕事らしきものと言えば、「水を飲む」ことである。1日1リットル以上飲むのがノルマと言えばノルマだ。もちろん誰からも強制されたわけだはないのだが、これしか数値を下げる方法がないので、私が勝手に決めたことだ。これが唯一私のできる健康対策だ。

勝手に決めたわけだから、朝、500ミリのペットボトルを1本飲み干し、昼に1本、夜

に1本と目標を定めた。でも実際は、朝から昼にずれ込み、昼から夜にずれ込んで、2本飲むのが精いっぱいだ。時にはその2本目も怪しい。予想外の難行苦行である。腹がダブダブして、苦しいと言うか不快だ。おまけにほうじ茶の出がらしを入れているので、うまくない。

＊幽苑：先生大変ですね。むくみは出ませんか？　常温の水でないといけませんね。

＊邱羞爾：コメントをありがとうございます。医者からは、むくみが出ても、出ないよりはマシと言われています。

＊幽苑：そうなんですか。腎臓に影響なければ良いのですが……。

・facebook.   (2016.08.02)
白内障
幸いなことに、私と違って我が妻は丈夫である。その彼女が手術をした。白内障の手術である。先週の月曜日7月25日に右目を、そして8月1日に左目を手術し、火曜日に眼帯を取り外した。手術は成功したと言えようから、一安心だ。白内障の手術などというと誰でも「大したことない」と言い、中には手術にさえ数えてくれない。しかし、我々は非常に緊張していたのだ。というのも、彼女の兄、つまり私の義兄が、割と最近手術して失敗していたからだ。彼は、今、ほとんど目が見えなくて失明に近い状態にあると言う。そういうわけで、こちらはとても緊張していたのだ。昨日手術で今日眼帯を外し、両目で見えることのありがたさを感じている我が妻に、私も安堵の気持ちでありがたく思っている。

＊幽苑：昔に比べ白内障の手術は保険が適用され、簡単に手術を受けることが出来るようになりました。しかし、100％皆んなが成功するとは限らないのは悲しいことです。奥様は術後問題ないとのこと、本当に良かったですね。安心しました。

＊邱羞爾：幽苑さん、ありがとうございます。どうやらうまく成功したようで安心しております。

＊幽苑：どこが悪くても日常生活に支障をきたしますね。

＊**瀬戸**：改革開放初期の名作『人到中年』のクライマックスが、主人公の女医が執刀する白内障手術だったと記憶しています。小説ではたいへんな大手術のように書かれていますが、今の日本では（たぶん中国でも）簡単な部類に入るのですね。

＊**邱羞爾**：瀬戸先生、そうでしたか、すっかり忘れていましたが、白内障の手術だったのでしたか。先生の記憶力の良さに脱帽です。お陰様で、家内の目の調子は良いようです。ありがとうございました。

＊**Tamon**：奥様、無事でよかったですね。小生も6月、左目、無事手術を終えました。鮮やかな白色がよみがえりました。

＊**邱羞爾**：Tamon氏、コメントをありがとう。家内のはそんなに劇的な変化はなさそうですが……。お元気なご様子で良かったです。

・中年
(2016.08.04)

たまたま、フェイスブックで「中年」の言葉が出てきた。諶容（シェン・ロン）の「人、中年に到るや」（林芳訳、中公文庫、昭和59年12月）だ。主人公・陸文亭は眼科の女医で、毎日たくさんの患者を診ている。ある日、1日に3つも連続して手術をし、積もり積もった過労のために心筋梗塞を起こして倒れる。彼女は40歳だ。彼女が手術をしたのが、白内障である。このことを瀬戸宏先生が指摘してくれた。白内障の手術は、今では大変進歩して簡単な手術となっている。小説でも、よく読めば、そんなに大変な手術ではないが、手術する側には神経と体力を擦り切らす細かい手術なのであろう。手術などはいつだってそうであるに違いないとはいえ。瀬戸先生は、この小説の時代である1979年からすれば、21世紀の現在はずっと医療技術も進歩して、手術も手軽になったであろうと推測している。ただ、小説にも出てくる、手術中に咳をしないことなどは、今でも守るべき大事な注意のようである。

この小説では、もう一つ有名な場面があって、それは手術室に飛び込んできた文革期の「造反派」を、陸文亭が医者の使命から追い払い、「裏切り者」とされた患者の尊厳を守る場面があることであるが、今はそれについては置くとしよう。

「人到中年万事休（人 中年に到るや、万事休す）」というのが、中国の世俗に伝わる言葉である。筧文生氏によれば元曲に出る言葉だそうだが、諶容の小説では「人 中年に

回生晏語　　　　　103

到るや、万事忙し」と言い換えて、40歳になった主人公やその夫、そして同僚夫婦などの「中年」の生活を克明に描写する。仕事、研究、子供の世話、家庭用の些事などなど。おまけに文革が終息して、今まで圧迫されてきた「中年」こそが社会の主力だ、社会発展のために力を注げと持ち上げられる。しかし、待遇はそれに見合ったものではなく、給料も休暇も自由な意見もままならず、組織には旧態依然とした官僚主義がいまだにはびこっている。そういう問題を見事についた作品だったので、1982年には映画にもなり、主演の女優・潘虹（パン・ホン）は国内映画の最高賞である「金鶏賞優秀主演女優賞」を得ている。

「中年」とは何歳から何歳まで言うのか？ どうやら定義はないらしいが、一般的には30代から50代までを言うらしい。45歳から64歳までという日本のお役所の文書もあるらしいが、なんでそんなことが気になったかというと、私は最近「中年」らしい女性とフェイスブックで「お友達」になったからだ。そして彼女たちの元気さにびっくりさせられたからだ。多分、それ相応の歳の子供がいるのに、子供をしのぐ活躍ぶりだ。主にマラソンなどの走ることを仕事帰りや休日にやっている。そして翌日にはケロッとして仕事をこなしている。その他、いろいろな行事にも参加して司会をしたり、所属する学会で発表までしている。だから、彼女たちはとても魅力的できれいだ。そして友人たちの書き込みも多い。彼女たちの子供の年齢から推測して「壮年期（31〜44）」ではないだろう。もちろん「高年期（65以上）」ではない。とすれば「中年」であり、今が一番輝いているようだ。

いつの時代でも、素敵な女性はいた。「中年」の女性がなかなか活躍して元気であることを、私は最近発見した。それが現在の日本なのかもしれない。

　　　＊やまぶん：中年に関係のないことですが、東京があまりに暑いので、ふと「暑中見舞い」を思いついて書いてみました。お元気そうで何よりです。当方は相変わらずですが、先月甘粛省張掖に行って帰ってきたら、東京の方が暑く感じます。「砂漠より暑いって、どないなっってんねん！」（正しい関西弁かどうか）今朝も玄関を出たら熱風が吹き付け、思わず以前邱羞爾さんとご一緒した重慶を思い出しました。ご自愛を。

　　　＊邱羞爾：やあ、やまぶんさん！お懐かしいです。お元気そうで、相変わらず飛び回っていますね。確かに日本も暑いです。京都は昨日37.1度、今日は37.9度もありました。私の体調の良くないことは、私のフェイスブックに書いているので、

このブログでは、なるべく別のことを書くようにしていますが、体が良くなければ、健全な心など育ちません。重慶の旅は懐かしいです。あのおかげで、やまぶんさんたちと知り合いになり、人生の楽しさが増えました。皆さんに感謝する次第です。箱根は無事のようですね。いつか行きたいです。やまぶんさんも、ご自愛ください。

・facebook.　　　　　　　　　　　　　　　　　　　　　　(2016.08.08)
立秋

８月７日は「立秋」だって！　この時期が一番暑いのですという天気予想の解説員が言葉を補ったので、納得した。だって今日も京都は37.1度、昨日は37.9度、一昨日は37.1度と連日暑いのだから、とても「秋」などは感じられなかったから。

冷房の嫌いな私でも朝からクーラーのある部屋で寝っ転がって小説を読んでいた。難しい男女の愛が書いてあるのだけれど、中国の文化大革命時期の話だから、ある特殊な雰囲気があって、それが逆に単純な愛の話にさせている。それにしても、中国の現代の小説で、こんなに純愛の話がよく書けたものと思っている。というのも、文化大革命がいまだに触れてはいけないタブーの一つになっているからだ。文化大革命の下での中年の愛の話は、大きな圧力として文化大革命があるから、具体的には五七幹部学校に入れられたから、純粋で真摯で真剣だ。書かれたのが1981年のことだから、却って書けたのだろうと思う。どこの国にでもタブーはあるものだ。もちろん日本にだってある。そして、ますます強まっている気がするが、でも、そのことを置くにしても、過去の事態を自由に描けないのは、嫌な国だと思わざるを得ない。81年には書けて、今は却って書けないことが、そう強く私には思わせた。

今年は、我が家だけのことかもしれないが、木々が枯れてきつつある。水が足りないのだろうか？　槇の葉さえ赤茶色になってきた。そんな中で楽しいことが１つあって、それはブルーベリーがもう５回も収穫できたことだ。ここ何年かブルーベリーの収穫があるのだが、小さくて貧弱な木のくせに次々と青紫の実をつける。実（じつ）はあまりうまくはない。つまり甘みが足りないのだが、ただ水をやっただけで、虫にもやられず鳥にも食われずに、こんなに収穫できるなんて嬉しい。

我が家のブルーベリー

II 2016年

- facebook. (2016.08.11)
お盆前

お盆が近づくと、いろんな行事がある。7月31日から8月1日にかけては「愛宕山千日参り」がある。足の悪い私は勿論お参りしないが、親切な女性がいて、「あたごさん」に行ったからと、「お札」を下さった。「火の用心」のお札である。実は毎年頂いているので、台所の片隅に張り付けて「お札」としている。

8月の10日まで、京都五条坂で「陶器市」があった。私は9日に行った。しばらくぶりのことだ。昼間に行ったせいか、人は意外に少なかった。実は人は多かったのだが、ほとんどの人はまず、清水寺の「千日参り」に行ってしまっていたのだ。彼らは降りて来てから「陶器市」を覗くのであろうが、一時の熱気がなかったように思った。店の主人が「静かだなぁ」とつぶやいていたから。私はある人の古希の祝いのために清水焼を買ったのだが、最近の清水焼は、よく言えば現代風になったというべきか、模様が派手になった。おまけにぽってりとした感覚で厚みがあり、やや重い。私の感じる品の良い薄い清水焼などはほとんどなくなっており、もしそういうものを買うならば、何万円も何十万円も出さねばならない。多分、土がもう無くなってしまったのだろうと思った。

「あたごさん」の火の用心のお札。

今日の11日も晴れて、暑くなる予想だ。ふと見ると、横の駐車場に「黎明教会」が出した布団・座布団が干してある。これも例年のことながら、「虫干し」の季節なのだ。

そういえば、夜、虫のなく声を聴いた。

虫干しの布団・座布団

- facebook. (2016.08.14)
孫娘来訪

今日は私にとって大変な日だった。朝から掃除をしたり、小さな椅子を出したりと準備が大変だった。11時過ぎにやってきた。誰が？って、我が孫娘がやってきたのだ。この孫娘は、いつもはママとパパ（すなわち、我が二男）と一緒にやって来て、「ママ、ママ」と言ってママから離れない。そして私の顔を見ると「いやぁ～ッ」と言って顔をそむける。ちっとも私に慣れない。

今日は、ママが臨月なので、パパと二人でやってきたのだ。いつもは門のところで、も

う緊張して顔をこわばらせる。そこで、我が作戦として、私はいないことにして、少しバァバと慣れたら、出ていくことにした。

私のところでは孫のために特別なおもちゃは買わない。家にあるものを遊びの道具としている。この前から、家にある「箸置き」や「楊枝入れ」をおもちゃ代わりにして、割とうまくいったので、今日も部屋のテーブルの上に「箸置き」などをずらりと並べて置いた。うまいことに、この「箸置き」などが気に入って、自分で並べ直して遊びだした。そこへ私が出て来て、一緒に「箸置き」などで遊んだところ、御機嫌よく、ジィジと遊んでくれることになった。

今日は、パパと外出するのにも慣れてきたせいか、嫌いなジィジの家でも泣きもせず、それどころか「ママ、ママ」とも言わずに、お昼のうどんをいっぱい食べた。お腹いっぱいになれば眠くなる。ママがいなくても、平気でパパと二人でお昼寝をした。珍しいこともあるもんだと思っていたら、3時ごろ雷を伴って雨が降り出

ジィジを遊ばせる孫娘

した。もともとは、動物園か水族館に連れていく予定にしていたが、とても外にはいられないほどの雨になった。ここ数日の暑さが、これで一息つくことになった。

夜の8時過ぎに、ママの実家の方へ帰ることになったが、この間、風呂にもパパと入り、夕飯もパパに食べさせてもらって、食べた。1つも泣かない「いい子」であった。私が「いい子だ！」と言うと、親（＝パパ）が「いい子」「わるい子」で教育しないと言う。まだ2歳と9か月であるが、「いい子」になるようにはしつけないと言う。私がこの親（＝パパ）を育てたときには、そんなことまで考えなかった。確かに自分の子供には「いい子だ！」などと褒めなかったかもしれない。ただ、意識的な教育理念などを持たなかっただろう。子供なんて親の思い通りに育つものではなかろうと思っていたし、今でも、そう思う。

とはいえ、たまたま見ていたＴＶのコマーシャルに出てきたお腹の大きなお母さんに寄り縋る女の子の映像などを見ても、こちらが意識して言わないようにしていた「ママ」と言う言葉が出て来ても、泣きもせず、ママを恋しがりもしなかった。1日付き合ったわけだから、帰り際には私と手でタッチまでした。随分慣れたものだが、「抱っこしてあげる」なんて言おうものなら、体をすくめて「いやあ〜」と逃げる。とにかく、まずまずご機嫌で帰った。孫娘の方もノルマが終わってホッとしたことだろうが、私も1日の務めが終わったような気がした。

回生晏語 ——— 107

II 2016年

＊真宇：ジィジお疲れ様でした＾_－☆

＊邱羞爾：ありがとう！おかげですっかり年老いましたよ。

＊幽苑：お孫さんは良い表情ですね。

＊邱羞爾：なかなか笑ってくれないのですが、あることになるとすっかり喜んで、何度も同じことをするものです。こちらが遊んでいただくわけで、ありがたいことです。（笑い）

• facebook． (2016.08.16)
大文字の送り火

私の家から見える「五山の送り火」は、大文字だけなのだが、今日は激しい雨に襲われてよく見えなかった。雨で中止になるかと思われたが、大事な伝統行事と言うことからか、午後8時には火がつけられた。一度、弟が来ていた時にも雨で、その時は30分早く火がつけられた。

雨にけぶる「大」の字。

私は8時5分過ぎに一応外に出て、普段ならばよく見える家の前の坂から見たのであるが、強い雨によって湯煙のような赤さが見えただけだったので、家に戻ってしまった。なんだか落ち着かないので、家の2階の部屋から見たところ、どうやら「大」の字らしい形になってきたので、不完全だけれど、それを身を乗り出して写して良しとした！
ここ2，3日は、夕方に夕立があって喜んでいたのだけれど、今日はあいにくと夜になって降り出し、しかも強い雨だった。うまく御霊が送られて行っただろうか？涙雨にしては激しすぎる雨だった。

＊義則：最近のゲリラ豪雨？すごいですね。昔の夕立ではありませんね。
涙雨は号泣？…無事に送られたと信じたいです。

＊邱羞爾：義則先生、昨日は本当にすごい雨でした。1日開けての今は、月齢15.3のお月さまが出ています。先生の言うように「ゲリラ豪雨」が少しずれていたらよかったのにと思います。

· facebook. (2016.08.17)
贈呈本
20日に本を贈ってもらった。

畢飛宇作、飯塚容訳『ブラインド・マッサージ（推拿）』（白水社、2016年8日30日、361P．3,400+ α円）

まだ、「訳者あとがき」を読んだだけだけれど、飯塚氏の目の付け所に感心した。この作品が盲目のマッサージ師を題材としながら、つまり、一見奇をてらった着想でありながら、描かれている内容は、きわめて日常的な人間の喜怒哀楽のようだ。人はいかに日日を生きてゆくか？この永遠の問いかけにこの畢飛宇（ひつ・ひう）の作品は応えようとしているらしい。時間を見つけて読むべき本のようだ。それにしても、飯塚氏はどうしてこんなに仕事が早いのか？今、脂ののっている「中年」だからであろうか？（1954年生まれという）。ただただ感心するのみだ。

・アスリートの大会 (2016.08.21)

リオのオリンピックもそろそろ大詰めになってきた。日本人が活躍するのはやはりうれしい。だから、表彰台に上って国歌が演奏され、国旗が掲揚されるのは仕方がないのかもしれない。私も応援したけれど、別に日本を背負ってもらったわけではないという思いがいつも残っている。賞を取ったのは個人の力と運だ。私はそう思っている。女子重量挙げの三宅選手が最後の試技でバーベルを持ち上げた時、卓球の水谷選手の逆転劇の時、私は日本などをイメージしなかった。バトミントンの高松・松友組の逆転の時も日本などどうでも良かった。どうやら監督は韓国から招いた人で、それでバトミントンが強くなったようではないか。

7人制ラクビーでも、こんな顔の人が日本人か？と私は何度か思った。柔道でもベイカーなんていう人もいるし、100メートルにもケンブリッジなんて人もいる。ドイツの女子卓球なんて、中国人と闘っている気さえした。そういえば、サッカーにせよ、他のいろんな競技でも、イギリス、フランス、アメリカなどには顔の黒い人が多い。日本だって昔から卓球など、中国の人、サッカーには韓国の人がいた。国技と称する相撲でも、今や日本人は横綱になれやしない。

こう見てくると、私の周りはすでにグローバルな国際化が進んでいたのだ。今回のリオのオリンピックほどそれを感じたことはない。だから、表彰も国歌や国旗などは廃

回生晏語ーーー109

止すべきであろうと思う。現に、難民の一団の参加がなされた。彼らがメダルを取ったときには、出身地の国の歌が流れたのだろうか？旗が掲揚されたのだろうか？

メダル数だとか順位だとかが発表されれば、私はすぐ、日本はどうか？と見てしまうが、それを煽るＮＨＫやジャーナリズムに踊らされないぞとも思う。私がそれだけ年取ったということなのかもしれないが、アスリートの大会に過ぎないということだけは心しておきたい。

アスリートの言葉は私には実に参考になる。彼らは、集中して努力したときの時間の多少が、結果をもたらしたことを伝える。若いときにやはり苦しんで励み、限界に来たと思った時こそ、もっと次なる高みへ努力するのだと言う。努力などはどこの国のどの選手だってやっている。その努力をさらなる高みへ挑戦できるかどうかが、良い結果をもたらすと、私は教わった。残念ながら、私はもうそんなに努力はできないのだが……。

・facebook.　　　　　　　　　　　　　　　　　　　　　　　　（2016.08.23）
３人目
私自身は、大きな臨月のようなお腹を抱えて苦しんでいるが、臨月であった二男の嫁が今日 23 日 9 時 18 分にやっと次女を産んだ。4 日遅れという。母子とも元気とのことで一安心だ。ここの産婦人科はユニークで、産まれたばかりの赤ちゃんの映像をネットで見られるようにしている。3 秒ごとに更新される映像では、赤ちゃんはなかなか動かない。それでも、元気そうな様子が見えるので、安心が確実になる。もっと確実にするために、明日病院まで出かけ、3 人目の孫を見て来よう。

　　＊幽苑：おめでとうございます。母子ともにお元気とのこと、何よりです。満月の出産より遅れたのですね。

──────────────────────────────────

　　＊邱羞爾：ありがとうございます。

・facebook.　　　　　　　　　　　　　　　　　　　　　　　　（2016.08.24）
葉月のつどい展
24 日は、孫に会いに行く前に、「カト」画廊で開かれている小品展を見に行った。
『葉月のつどい展──大王会とその仲間達の小品展（油彩／水彩）』
2016／8 月 23 日（火）～28 日（日）　11：00AM～6：00PM（最終日 5:00）
ギャラリーカト 2 Ｆ

この小品展に、家内が2点の油彩を出している。1枚は、3月に行った「天空の城・竹田城」で、もう1枚は、6月に行ったチロルのものだ。義理でも見に行かないわけにはいかない。それにしても暑くて、また、おなかが苦しくて歩くのがやっとだった。お昼ご飯を抜いて腹の大きいのを何とかしようとしているが、やはり運動をしないとダメなようだ。

画の方は、そういうわけで、ざっと目を通しただけだが、小品展だったので、私の好みの程度に会う作品が多かった。福山さんは、チロルにスケッチ旅行に行ったから、チロルの画を5枚ほど出していた。さすが画の先生だけあって瀟洒なスケッチであった。中本さんはキリスト教信者なのだろうか、テンペラで受胎告知の告知するエンジェルの横顔を描いていた。受胎告知をされる側ではないところに、中心から離れた面白さがあるのかもしれなかった。克明にきらきらと色鮮やかに描かれ、小品ながら精緻な作品であった。それに対して、長岡さんは、日本画風の画であり、丁寧に瓦なども描いていた。アジサイが咲きだしているしっとりとした画であった。日本画風だからであろうか、他の作品にない独特の風味があった。東さんの画には縦の線が印象深かった。虹にせよ、湧き水にせよ、ススキのような草にせよ、平凡に横に広がっていなかった。縦の切込みが凡庸でない視点を感じさせた。虹だって横に空に広がるものではなく、天空から垂直に落ちてくるような感じだった。それが斬新で私には印象に残った。マリーさんの画は、川べりの画ともう1枚あったが、とにかく見るなりひきつけられた。なんでそうなるのか、川の向こうのこんもりした林がグングン迫って来るのだ。私にはよくわからないが、ここに油彩の画があると実感できた。技術、技ではない画そのものがあると感じたとでも言えようか。よく人は心がこもっていると言うが、どんな心なのか、私にはわからない。他の作品だって心のこもっていない作品なんてないだろう。ただ、その心を表現として他者に示すとき、技を越えたものが出てくるに違いない。それは何だろうと、思わせたのである。

・facebook.　　　　　　　　　　　　　　　　　　　　　　　　　　（2016.09.01）
汎具象展
9月になった。芸術の秋だ。私は実のところ人には言えないような体調が絶不調なのだが、つまり少しの動作でももう息苦しくて「辛い」のだが、調べ物があって岡崎の京都府立図書館に出かけた。調べ物はすぐ終わったので、図書館の真向いの京都市美術館

II 2016年

に「第35回 汎具象展」を見に行った。家内の友人が出品しているので、その中で、常子さんが「会友推挙」という賞を取ったので、ぜひ見たかったのだ。なるほど、常子さんの「早春（伊吹山）」は良かった。2点のうち1つは山頂が馬鹿に白くて、私の気に入らなかったけれど。

受賞者の名前が載っているパンフレット。

その他、あの人この人と、それなりに面白く鑑賞した。私の趣味が偏っていて、人物像はあまり好きではない。やはり自然を描いた方あるいはありのままの風景を描いた作品の方が好きだ。あまり思わせぶりな絵は好きではない。見終わったら、1階で「ダリ展」をやっていた。ついでであるから入って見た。なるほど人がいっぱいであった。世界のダリだから、私のようなぼんくらは名前だけで恐れ入ってしまう。シュールレアリズムになるともうお手上げだ。仕方がないから、人ごみの後ろから絵の色ばかり見ていた。何かこうぎょっとするようなものが描けるのは、やはりスペインの人だからではないかと勝手に思った。

ダリ展の作品案内と子供向けパンフレット。

それにしても、歩いて帰るのはとてもつらくて、そこらにへたり込んで泣きたいような気がした。8月下旬から急にあちこちに欠陥が出て体調が悪くなった。これから、徐々に治していくほかなさそうだ。

＊Yumiko：確かに芸術の秋ですが…
ご体調がすぐれないとのことなのですから、どうか無理はなさらないでくださいね

＊邱羞爾：ありがとうございます。歩いたらしんどいのですが、それでも歩かなくては一層ダメになるようなのです。それが辛いです。

＊義則：夏の疲れが出るのでしょうか。
私も金曜日に右足首の痛みが出て仕事を休みました。
ねんざと言っていますが、とても不思議で、木曜の朝はちょっとした痛みだったのですが夜には関節を曲げることができないほどになり、一晩寝たら歩行困難になっていました。今は安静にしてだいぶ楽になりました。

「歩いたらしんどいけれど、それでも歩かなくては一層ダメになるよう」
運動はやはり必要なのでしょうね。身体と上手く付き合っていきたいと思います。先生もどうぞご自愛くださいませ。

＊邱羞爾：驚きました。先生はご丈夫な方だと思っていたのですが、ちょっとしたことで、思わぬ痛みになるのですね。どうぞお大事にしてください。

＊義則：ありがとうございます。

＊邱羞爾：体のことは言い出したらキリがない年になりました。だから、先生も黙って我慢してください。あるいは別の楽しいことを！

・**facebook**.
(2016.09.03)
パイプオルガン

このところ体調がひどく悪いが、そのことは言い出せばキリがないから、言わないでおこう。その代り、今日は思い切ってパイプオルガンを聞きに行った。
梅干野安未（ほやの・あみ）の「ポップス」で全12曲弾いた。パイプオルガンはどこにでもあると言うわけでもないので、場所は、京都コンサートホール「大ホール」である。パイプオルガンは、4段の手鍵盤と足鍵盤、それに90のストップなるものがついているのだそうだ。1階と2階にオルガンが置いてあるので写真を撮りたかったが、禁止ということで撮れなかった。パイプは全部で7,155本もあるそうだ。
私は音楽よりも、パイプオルガンの音色が聞きたかった。梅干野さんが今日選んだ曲は、ポピュラーなバラエティに富んだ曲だったので、どこかで聞いた曲が多くなじみやすかった。ただへそ曲がりの私はそれだけにやや物足りなく思った。パイプオルガンの音量を精一杯出した音が聞きたかったからだ。見ていると、手鍵盤だけでなく足鍵盤を左右に大きく踏んでいて、かなり重労働そうに思えた。最後に演奏したヴィエルヌの「ウエストミンスターの鐘」は、最後だけあって渾身の力を込めて演じたので、迫力があり、そのボリュームに満足した。
京都であるから、パイプオルガンでも和楽器の音色が出る。サン・サーンス「動物の

謝肉祭」より「化石」を演奏した時、尺八や篳篥（ひちりき）などの音色が出て来て楽しませてくれた。

オルガンと言えば、幼稚園や小学校の低学年の頃のことを思い出す。でも、あのブカブカいう音と違ってパイプオルガンは多様な音色を出した。また、パイプオルガンと言えば教会を思い出す。でも讃美歌の澄んだ音色だけではない、低音から高音までのダイナミクな曲の演奏も聞くことができた。200人ほどの聴衆も満足して拍手でアンコールを要求した。バッハの曲を弾いてくれた。2度目のアンコールにはさすがに応じなかったが。

・facebook.

(2016.09.05)

リハビリ

今日はとうとうリハビリができなかった。一応リハビリをやる格好で行ったのだが、むくみに気付いた看護婦さんに、先に先生に診てもらえと指示されてリハビリは後回しということになった。ところが今日は月曜日でひとがいっぱいだ。おまけになんだかんだの検査があって、そのたびに待たされたから、私が診てもらう番に近づいた時には、もう朝のリハビリの1時間半が終わってしまっていた。そして、やっと会えた先生は、「こんな忙しいときにゆっくり話せないから時を改めて話し合いましょう」と言う。

私はとても感謝して、そうお願いしますと言ったのだが、お医者さんや看護婦さんなどから親切にされるのは「やばい」と思っている。「日を改めてゆっくり話し合おう」なんて尋常ならざることではないか。なにがどう「やばい」のか、よくわからないが、いろんな数値が良くなくて、とても「しんどい」ことだけははっきりしている。

でも、ある若い女性から、「お大事にしてくださいね」なんて言われると、私はすぐうれしくなってしまうのだ。

＊登士子：ここのところ、体調が優れないようで、とても心配です。どうかご無理なさらないよう、お気をつけ下さいませ。

＊邱羞爾：ありがとう！

＊うっちゃん：先生、無理しないで。

＊邱羞爾：ありがとうございます。活躍している人は丈夫ですね。感心します。十分お体ご留意ください。

＊Akira：お大事にしてくださいね❤.

＊邱羞爾：ありがとう。うれしいですよ。このところご無沙汰だけれど、元気ですか？

＊Akira：黒にんにくを毎日食べて必要以上に元気です。私の大力丸です。先生も黒にんにく食べて元気をつけてください！！

＊邱羞爾：ありがとう。でも今、食べる方がよくないのだ。来週には少しの結果が出るかもしれない。

·facebook.   (2016.09.06)
雑草
今日は、猫の額ほどの我が家の庭に植木屋さんを入れてきれいにしてもらった。植木と言っても、数本あるだけだから仕事は午前中で終わったのだが、天気が良くてとても良かった。猫の額ほどのこんな庭になぜ植木屋さんを入れたかというと、雑草が激しかったからだ。植木屋さんが驚くほどの繁茂のありかただ。どうしてこうなったかというと、私が腰が痛くて草取りをしなかったからでもある。こんなに暑い日が続いたから木の方は枯れかかっていた。蝋梅などすっかり枯れてしまっている。でも、雑草の方はますます伸びて広がる。そういうわけで、ますます草取りができなくなると言うわけだ。それが今日、すっかりきれいにしてもらった。うれしいことである。

＊義則：先生、私は月曜日から痛風の発作が出ました。
病院にはまいりません。なるようになるかと思い。
最近、昔のことをよく思い出します。
父が亡くなったのは59歳。あと少しで到達します。

＊邱羞爾：義則先生、驚きました。先生がそんなにお若いとは！私は神経痛や、手足の攣ることで苦しんでいます。だいたい4時間ぐらい寝ると足が攣るのです。それで起きてしまいます。最近は毎晩のことです。私は4月に後期高齢者になりました。ですから、多少のあきらめがあります。義則先生はまだまだこれからのお歳ではありませんか。どうぞ元気を出して、何とか「痛風」に対処してくださ

い。好きな落語を聞きに行けないなんて残念なことではありませんか。

＊義則：ありがとうございます！

・9月になって
(2016.09.10)

急に秋らしくなったので、朝など寒い位だ。明日までという晴れた天気も爽やかで、湿度の低いことがわかる。爽やかな秋、芸術の秋、読書の秋、スポーツの秋。そして、天高く馬肥ゆる秋。

それにしても、私はブログが書けなくなった。

例えば、こんなに良い天気でも、草花や虫の声などにも関心がなくなった。天気にしても近畿は幸いまぁまぁの天気であったが、東北や北海道では記録的な大雨で、人が死に、行くえ不明の人が出ている。さらに、孤立している集落まで未だにあるのだ。こういうニュースを聞くと、もう何と言ってよいかわからない。悲しむべきなのか、何らかの行動をすべきなのか、私はただただ黙してTVを見るだけになってしまった。要するに、ダメな奴に私はなってしまったと自分でも思う。さらにまた、こういうダメな状態を人様に晒すべきでもないと思うから、ブログに書くことがなくなると言うわけだ。やはり元気がないのだ。その原因の一つには、私の体調のことが大きい。私は昔から体調の良かったことなどなかったのだ。それまでは冬になればすぐ風邪をひき、夏になれば夏バテでごろごろしていた。60歳を超えたころから割とましになった。でも、前立腺の癌が見つかり放射線治療をしてから、どうもあちこち欠陥が出るようになったと思う。そういう欠陥がいろいろの数値に悪く出て、その対症療法を進めているが、私の体自体が弱ってきているらしい。私はノーテンキだから、死なんて考えたこともなく、だから残された生なんてことも真剣に考えたことはなかった。でも、じわじわと忍び寄る生の衰えを実感するようになった。

そして思うのは、親たちへの不孝な行ないの後悔である。親たちの気持ちがどうであったかは正直わからないが、今の自分に引き寄せて、さびしさとか味気なさがあったに違いないと思う。今も、墓参り一つしない私だが、そして、馬鹿な親だと嘲笑の念でほんの少しのエピソードを思い出して口にしたりするが、親の側に立てばきっと子供のうかがい知れぬ複雑な思いがあったに違いない。だから、ひとり、夜、足が攣って痛さに耐えているときなど、癌の転移で「痛い、痛い」と言って死んだ父親の気持ちが浮かんでくる。俺もああして痛さで死ぬのかと定めのようなものを感じるのだ。

普通ならば、だから、体を鍛え精神を奮い立つようにしようと努力するところなのだ

ろうが、いかんせん「しんどい」という言葉で動かずにいる。散歩に出ても、あそこのあのおやじ、とか、あのひとなど、私と同じ年か、少し上の人が元気はつらつと歩いて行くのとすれ違う。そして「偉いなぁ」と思う。本能的にこういう人との接触は避けているし、第一健康な人など好きではないが、健康に努力していることには感心する。つまり、私はひねくれていて自己努力をもうしようとしなくなった。

唯一生きがいとして行なっているのが翻訳の仕事である。でも、これがなかなかできない。あんまりできないので、助っ人を頼んだ。３人の女性である。彼女たちの援助のおかげで、何とか年内には訳が終わるであろう。今、私は自分の体力を見て精一杯急いでいるが、どうせ売れない本だから自費出版するほかない。そうすればお金がいる。だからなるべく原稿をそのまま提出して、印刷代だけにしたい。そうすると、行間だとかフォントだとかレイアウトが難しい。どうしても素人臭くなって、ますます売れそうにない本になる。とはいえ、今は、この仕事しかないから頑張っているが、この仕事も結構精力がいる。「しんどい」。

＊シナモン：先生ご無沙汰しております。翻訳をしておられるとのこと。原文を正確でなめらかな日本語に置き換えるのは、さぞ根気と忍耐のいるお仕事であろうとお察しいたします。次は何を訳されているのか、出版を楽しみにしています。さて、今日は駒澤大学で公開対話会「作家閻連科と語る―『愉楽』（≪受活≫）はどう読まれたか」を聞いてきました。第一部は作者、翻訳者、書評者の鼎談で、第二部はある読書会の会員と作者との対話でした。対話会の内容についてはさておき（後日当文研から発表されるのではと思います）、２部の読書会の会員は80代の女性ばかりでした。毎月１冊海外の本を読み意見交換されるそうですが、そのお元気なこと。『愉楽』がたいそう面白かったとのことで、どの方も実に堂々と滔々とご自分の感想や考えを述べ、閻氏に質問されるのです。50代にして早くも脳に靄がかかっている私は、シャープな人生の先輩方に圧倒されました。好きなことがあるというのはパワーの源なのですね。多くの質問に丁寧に回答される閻氏の誠実な人柄とともに、強く印象に残りました。

＊邱羞爾：シナモンさん、御無沙汰しています。お元気そうでうれしいです。そして、有意義なコメントをありがとう。閻連科の『父を想う』を今、ベッドで読んでいるところです。確かに誠実な人ですね。そして、話を作るのもうまいです。残念ながら『愉楽』を読んでいないのです。この頃の勉強不足を恥じています。シナ

II 2016年

モンさんは相変わらず元気で勉強家ですね。そうしてためたものは、きっといつか
その先輩たちのように表現できるに違いありません。じっくりと蓄えてください。

・**facebook.**

(2016.09.15)

中秋の月

今夜の月はどういうわけかとても見たかった。9月の長雨が続いていたから、普段で
も見えるかどうか怪しかった。それがどうやら晴れ間が出そうだと天気予報が変わっ
てきた。もともと植物園のお月見に行く予定を立てていた。それなのに、今、私は京
大病院の病室から東山の上に出ているお月さまを見ている。皓々と輝いているわけで
はないが、とにかく空が晴れて見えたのだ。そのことに私は満足している。
病院食の夕食に、「お月見団子」が出たではないか。小さな丸い2つのあんころ餅と
言ってよいものだが、食事のトレーの片隅に載っていた。「今夜はお月見です」という
メモとともに！このように気を使っている。昔から病院の食事はまずいものというこ
とになっているが、ここの食事は私にはおいしい。3年前だったかに入院した時も、食
事のおいしさにびっくりしたが、昔入院した時の偏見は払しょくされた。しかも、私
の食事は塩分6グラム以下と制限されていると言うのに、おいしい。入院して初日だ
からかもしれないが、結構なことではないか。入院したその日が満月ということはきっ
といつまでも覚えていることだろう。

＊**文子**：先生、私もこの数年怪我や思わぬところに腫瘍があり、入院することが
重なりましたので、図らずも病院通になってしまいました。病院生活は不便で苦
痛なものだと思い込んでいましたが、手術さえ終われば意外にも快適なものでし
た。普段、不規則な生活をしているせいか、とても健康な生活リズムを取り戻し
た感がありました。お風呂が少し、恋しいと思います。退院まで頑張って下さい。

＊**邱羞爾**：ありがとう。文子さんが病院通いであったとは、びっくりです。どう
ぞお大事に。文子さんの励ましを嬉しく思います。

＊**Kiyo**：先程入院なさったと聞いてびっくりしました
歳をとると色々病気が出てきて改めて歳を感じてしまいますね！
治療に専念なさって下さい
お元気になられてお会いするのを楽しみにしています ✨

東京の月は綺麗ですよ☺

＊邱羞爾：ご心配をおかけしました。

＊正昭：嚢胞腎だと聞きました。私もそうですよ、大きいのが左右に。遺伝性のものと聞いています。

＊邱羞爾：東京行きはあやしくなりました。

＊正昭：なんとか来てください。大丈夫だよ。

＊芳恵：入院されたとのこと、驚きました。今夏は暑かったので、お疲れが出たのでしょうか。一日も早く退院できますように。

＊邱羞爾：お久しぶりです。お心遣い、ありがとうございます。芳恵さんは新しい学部の２学期が始まったことでしょう。元気で頑張ってください。

＊純恵：体調が思わしくない…と仰っておられましたが、まさか入院とは。早く退院出来ます様に！

＊邱羞爾：純恵さん、お心遣い、ありがとうございます。早く退院したいです。

・入院雑感
(2016.09.18)

病院などに入っていると別世界にいるから何も気にせずに済むことになる。ＴＶを見ず、新聞も読まなければ、何をしたらよいのかわからなくなる。昔はきっと、そういうことが入院生活であったのだろう。今は、ＴＶも見ることができるし、売店で新聞だって買うことができる。おまけにＰＣも打つことができるのだ。スマホや携帯を私は持っていないから、こういう機器は当たり前のように使われていて、カーテンで仕切られた向かいの患者の声に思わず返事をしてしまうことがある。もちろん病室での使用は禁止されていることになっているが、規則は破られるためにあるわけだ。

何度か入院した経験があるが、その都度同じ病室の人とは良く話をしたものだ。患者同士の話というものもあって、医者や設備や看護師などの話題に花が咲いたものだ。今

回は、まるで雰囲気が違う。いつもカーテンを閉めっきりにして互い顔を合わすことも避けているような気配だ。まして話し合うなんてことはない。みないい年のくせに挨拶もろくにしない。私のような気の小さいものは、顔を合わすなりすぐさま名のって挨拶するが、せいぜい良い方だと、笑って会釈するだけだ。私より年上だろうと年下だろうと、挨拶のできないやつが増えた気がする。

名前を名乗っても、大概の人は「あぁ、オギノさん」と言う。これが不思議だ。漢字を見て、読み間違えると言うならわかるが、音を聞いても「オギノ」と言う。もっともカルテにカタカナで「ハギノ」と書いてあっても、「オギノ」と言う医者もいたから、「ハギノ」なんて名前が良くないのだろう。リオのオリンピックで「萩野公介（ハギノコウスケ）」選手がメダルを取ったからかなり「ハギノ」が世間に広まっているかと思ったが甘いようだ。曽て電話帳を見たことがあったが、確かに「荻野（オギノ）」の方が「萩野（ハギノ）」より圧倒的に多かった。

何もすることがないなら思索をしたらよいのだが、言い訳がましいが、思索には結構力がいるのだ。集中力と持続力など。病人だからそういう力がないのだ。ボケっと呆けてしまっていると、よく昼間転寝をしてしまう。そうすると、夜が寝られない。いや眠れない。病院で夜寝られないことほど不快で焦って嫌なものはない。経験ある人ならきっとわかってくれるはずだ。こうなると、翌日も調子が悪くなって、悪循環が始まる。

若い女性の看護師さんが、定期的に回って来て声をかけてくれる。これが実にうれしい。つまらぬことでも一声二声余計に掛けてくれることを願うものだ。順番にやって来るのだが、あいつの方が親切に対応していた、俺の方はそっけなかったと嫉妬がわく。少しでも好かれたいと思ってよい子になろうとする。我ながら「面白い」と思う。湿布したり外したりするその腕が自分の近くに来たとき、「あッ若い息吹だ」と感じた。若さの尊さをつくづくと感じ、自らの老いも実感した。

時間があるから閻連科著、飯塚容訳『父を想う――ある中国作家の自省と回想』（河出書房新社、2016年5月、224頁）を読んだ。とても面白かった。私には小説のように思えたが、つまりあちこちに虚構がちりばめられている気がしたが、随筆とのことである。それはどうでも良いことだ。作者の誠実な深い考察がこの作品を面白くさせている。「生活」と「暮らし」の違いなど、まったくその通りだと感心した。ここでも強く意識させられるのは中国の都会と田舎（＝農村）の違いである。20世紀、21世紀になっても都会と農村の差の深さ根強さに圧倒される。その深さにこの作品は錘を下げていて、それが私には面白く感服した。また、飯塚氏の訳文もスムーズだ。飯塚氏の誠実さと閻連科氏の誠実さが共鳴したのであろう。正直に言うと私は閻連科氏の小説は好きでは

なかった。文章が少し粗いし内容も丁寧ではない気がしていたからだ。でも、この作品は訳の良さもあって丁寧に彼の考察を追ってゆくことができ、しかも納得できた。

我田引水ながら、今、私が訳出しようとしている本の作者・王耀平氏も閻連科氏と同じ年で、都市と農村の格差にも触れている。訳がなかなか進まないでいるのだが……。

　　＊やまぶん：入院されていたんですね。お大事に。近くならお見舞いに行ってお喋りできるのですが、残念。でも先月中国へ出張した際、現地の院生から、先生って本当にお喋りなんですねと笑われたので、同室の方の迷惑になるかも。挨拶と看護士さんの件は同感です。でも私はいずれも年齢を問いません(^0_0^)

―――――――――――――――――――――――――

　　＊邱羞爾：やまぶんさん、ありがとうございます。例年９月には結構入院しているような気がします。夏の疲れが出たのでしょうか。何も仕事らしい仕事をしていないのに……人さまから見てさぼっているようでも、結構生きていくのはつらいものがあります。やまぶんさんはいつもお元気ですね。一層のご活躍を！

・YuanMing の便り
　　　　　　　　　　　　　　　　　　　　　　　　　(2016.09.21)

YuanMingから「便り」が届いた。うまく転載できるかどうか怪しいが、許可を得てここに転載しよう。

YuanMingの目的は、どうやら成功しなかったようだが、それがまたYuanMingらしいところともいえる。それにしても「彼女」の粘りと実行力には頭が下がる。YuanMingがこれからも良い暮らしを続けていくことを願うばかりだ。どうぞ、YuanMingの面白い変わった旅行記をご覧ください。

　　〜〜〜〜〜〜〜〜〜〜〜〜〜〜〜〜〜〜〜〜〜〜〜〜〜〜〜〜〜

　　残暑お見舞い申し上げます。今年の夏はかなり暑いですね。

　　55年間クーラーをつけずに夏を越していた母が、クーラーをつけて寝るぐらい暑い夏です。

　　そんな暑い日本の夏が嫌になって、８月６日-15日まで雲南省に行ってきました。（本当は友人の結婚式に参加する為です。）

　　初めての雲南省の旅ですので、ちょっとばかり経験したことを先生にご報告させて頂きます。

　　◎８月６日㈯

　　　神戸で花火大会が開かれた日です。

回生晏語――――― 121

II 2016年

彼女と一緒に上海へ。
昆明へは関空から上海トランジットでしか行けないので、復旦大学留学時代の友人Levente君に会う為上海の彼の家で一泊。

（上）Levente君の家から見た浦西　（右）杭州のG20を前に青空が広がります。

彼は大学卒業後、駐上海ハンガリー総領事になっており、毎日外交活動でアッパークラスの暮らしをしています。家も車も国の持ち物。家は300平米。車はベンツ。年が一つ下なのに凄い、自分も負けてられません。

◎ 8月7日(日)

朝6時起床。総領事の運転で虹橋空港へ。
国内線で昆明へGO！！
飛行機の中では、6歳ぐらいの小皇帝が騒ぎ放題。
前の座席を蹴りまくり、スチュワーデスに偉そうな態度。
私が何度も注意しても言うことを聞かず、親が注意しても静まりません。
親は小皇帝を怒らず、笑いながら「黙りなさい！！」と叱責。
中国人は子供に甘い。
自分の幼い頃は、所構わず親からグーで脳天パンチ、パーで顔面ビンタ、更に木造バットで殴られていました。今思うと虐待です。

昆明長水国際空港。独特なデザイン。

昆明到着。
瀋陽から来た彼女の母と初対面。緊張の挨拶。母と娘、顔ソックリ。母は中国東北なまりがあり、言葉があまり聞き取れず。（帰国まで8日間あるので、それまで耳が慣れて、ちゃんと会話ができるという妙な自信。）
空港から路線バスで市内へ移動。
スーツケースをバスの下に預けるのですが、中国では預けた時に引換券などないため、途中下車する時に、盗まれる恐れがある。
上海、広州、北京…中国どこでもこの緊張感。荷物を預けるとバスで寝ることができません！！
バスで二時間走って市内に到着。
目の前には果物屋さん。見たことの無いフルーツがたくさん。
昆明火車駅から火車に乗って大理へGO！！

異国のフルーツ。ドリアンはどこでもあります。

昆明駅。結構大きい。

ところが！！火車のチケットが完売…
地元の人に理由を聞くと、中国は今夏休みで旅行シーズン、旅行会社がチケットを買い占めており、一般人は手に入らないとのこと。あとダフ屋も当然関与。
中国の旅行はいつもハラハラドキドキ。
ツアーに入らないとスムーズな旅行ができない、ツアーに入っても何かと問題は起きる。
火車のチケットがない、困りました。涙汗
チケットがないことに気づいたダフ屋が我々近づいてきて、「チケットありますよー」っと、こいつらの原因でチケットがないと思うと、はらわたが煮えくり返ります。しかし中国では当たり前。仕方がない。
いつもの私なら転売の高値のチケットを購入しますが、今回は瀋陽娘（彼女）と母の三人旅行。いつもとは違います。瀋陽娘は絶対に正規料金より高く払いません。
火車のチケットが買えなかった為、最終手段は夜行バスで大理へ。
バスの中でも小皇帝が出現。イヤフォンなしで音楽を聴いてゲームをする。
周りの人も子供には注意しない。本当に中国人は子供に甘い。
昆明を18時に出て、夜中の1時に大理へ到着。
白タク（中国では黒車と言う）のライトでバス停が照らされそこだけが明るい。
回りは真っ暗。街灯がありません。
バス停では民宿の運転手が迎えに来てくれてて一安心。
チェックインをして爆睡。

◎ 8月8日(月)

北京の四合院みたいな雰囲気。

昨晩は到着が遅かった為、宿泊施設や周辺のライトが消えていて、気づかなかったが、朝起きて回りを見ると泊まった場所は大理古城という旧市街の中。（プランはすべて瀋陽娘に任せているので、どこに行くかはわからない。）
ここらへんの民宿は「客栈」と言われ。どこもお洒落にリフォームされています。
平均一部屋一泊200元（3000円）ぐら

回生晏語 ——— 123

II 2016年

民宿の朝ごはんには雲南省の「コーヒー」が出ました。

大理古城の道端で売っていた食べ物。

こういう事もあると思い、事前に客引きのおばさんが持っていた旅行日程を盗撮。

プランには無かった場所、「玉と銀の専門ショップ」に連れていかれました。

いなので、バックパッカーに重宝されているみたいです。

雲南省は中国における最大のコーヒー産地で、中国のコーヒー生産量の98％を占めます。自家焙煎して美味しかったです。

よくわからない食べ物。左は味のない種が多いフルーツ。右は枝豆みたいな味。非常に皮が固く食べずらい。

特に決まった旅行日程がないため、古城の中をウロウロしていると、客引きのおばさんが一日ツアーの案内。かなり胡散臭い。送迎、6か所の観光、昼飯付きで一人200元と言われましたが、瀋陽娘は強気の交渉。最終一人80元で成立。相乗りバスで20人ほど団体行動。

バスに乗り、ツアー開始！！

乗務員が一日ツアーの日程を説明すると、先ほど客引きのおばさんが説明したプランと全く違う。

このプラン表を持って乗務員にクレームを申すと、「私は下請けの人間なのでわかりません、本部に問い合わせる」との一点張りの回答。（一日ツアーの値段が安い理由がわかりました。）

事前にもらったプランと実際の行先が全く違ったのですが、それなりに楽しかったので自分は満足。瀋陽娘は激怒。

◎8月9日(火)

この日は大理古城の中でブラブラ。食べて歩いて買い物。

キノコ鍋。松茸もありましたが美味しくない。香がない。

米线という米で作った麺。郷土料理。これが美味い！！

牦牛という牛を使った串焼き。郷土料理です。

上海や広州では道端で売っているものが海賊版DVDや偽ブランドが多いのですが、ここの地域は青花瓷を使った装飾品や銀製品が中心。しかも安い。

◎ 8月10日(水)

◀大理から麗江に火車で移動。
運よくチケットがとれました。
移動距離4時間ぐらいですが、寝台列車での移動。
ここでも小皇帝が出現。イヤフォンをつけずにiPadで映画鑑賞。
イライラ…

◀麗江に付き、民宿はこんな感じ。どこもお洒落。地元民に聞くと、殆どの民宿の経営者はよそ者。大理、麗江は時間の流れが非常にゆっくりしているので、ここの地域に旅行で訪れ、惚れ込んだ人が経営しているらしいです。

◀海という湖でボートにのってゆっくり時間を潰し。茶马古道という歴史ある街道で乗馬体験。

◀丽江古城で観光。人が多すぎて歩けません。

回生晏語 ——————— 125

II 2016年

◎8月11日㈭

この日も麗江。ブラブラして郷土料理を食べる。

◎8月12日㈮

麗江から昆明へ。

麗江から大理までの火車のチケットが取れたのですが、大理から昆明までが満席。

席が無い為、大理で乗務員から退出命令。（当然のこと）

しかし、瀋陽娘は諦めず車長に直談判。3分間の交渉…食堂車なら座らしてあげると許可。

流石瀋陽娘！！京大法科大学院修了の経歴を持つ交渉能力。

追加料金を払い、昆明まで5時間。

昆明につき、新婦のお父さんが予約したホテルでチェックイン。

そのあと、新郎新婦の親（4人）と3人で昆明料理を食べる。（新郎新婦はなぜかいない）

【鶏肉を揚げたもの】身がすくない。　【パイナップルご飯】まーまーイケる。　【茶碗蒸し】味普通。

【ミント鍋】非常にまずい。だが昆明ではミントを食べるのは普通の事らしい。

口に合わない昆明料理を食べ、その日は就寝。

◎8月13日㈯

結婚式…

私、高山病で寝込む。熱、吐き気でフラフラ。

標高2000mでの活動が限界突破となり、結婚式当日にダウン。

結婚式に参加の為、昆明に行ったが参加できず。

これで一生昆明に行けなくなりました。

ダウンした為、写真もありません。

◎ 8月14日㊐

昆明市内でお土産購入。

プーアル茶が特産なので、安心安全のウォールマートでお土産購入。

中国のお土産は結構な確率で日本人に嫌がれるので、ウォールマートで購入したと言えばちょっと安心される。しかしウォールマートを知らない人には無駄。経験上。

病み上がりの為、お土産を購入してホテルで安静。

◎ 8月15日㊊

帰国…昆明空港で母とお別れ。

人の結婚式で寝込んで、情けない姿を母に見せ、介抱までして頂いた。

しかも、東北弁が聞き取れない。恐らく私への印象は最悪。

関空でロストバゲージ。涙。

荷物を1時間待っても出てこない。紛失証明をもらい帰宅。

関空から神戸のリムジンバスの中、知らない番号からの着信。

知らない番号なので一度は拒否、また電話があったので電話を取ると・・・

「モシモシ！？ミナモトサンデスカ？」日本語が流ちょうに話せる外国人から。

「ワタシ、ニモツ マチガエタ。アナタノ ニモツ モッテル」。

ロストバゲージ発見。外国人の方はひとつ前のリムジンバスで神戸に到着しており、そこで荷物をもらい一安心。

今回の旅終了。

余談

1、雲南省の天気予報はあてになりません。山の天気なので、変化が速く合羽が必須です。

2、新婦のお父さんは紀検委（公務員の不正を監督する仕事）。

習近平体制になってから、名刺もプライベートで渡せなくなったとのこと。

（中国の若者の間では習近平を尊敬の意味で「習大大」と呼び、金正恩は「金三胖」と呼ばれています。金の三番目の太っちょ。）

3、中国の犬の命名は面白い。

例えば、大理の民宿で飼っていたこの犬の名前は「1200 (yiqianer)」。1200元で購入したからです。

他にも身体が大きい犬なのに、肝っ玉が小さいからと言って、「胆小 (danxiao)」と命名していました。

以上。

回生晏語 ──────── 127

＊シナモン：YuanMingさんの旅行記、簡潔な文章もお写真も大変楽しく拝見しました。頼もしい彼女との旅、若いっていいなと思います。彼女のお母さまは多分私と同世代かと想像しますが、長時間のバス移動ご苦労様でした。

余談ですが、北京の友人の飼い犬の名は「多多」です。

＊邱羞爾：シナモンさん、コメントをありがとう。YuanMingがコメントに反応するかどうか怪しいので、私が代わりにお礼を言っておきます。彼は私の無聊を慰めるためにこの旅行記を送ってくれました。もう一つあるので、次に載せることにします。あなたのコメントが励みになります。

＊YuanMing：シナモンさん、コメントありがとうございます。

中国の旅行は実に面白い、なぜなら民族が多く、生きるのに必死だからです。

「多多」毛が多いから？食べる量が多いからですか？

ついでに、彼女の母は62年生まれの寅年の女です。彼女は五黄の寅。沢尻エリカと同じです。気の強さは天下一。

助詞の使い方が下手な私ですが、今後とも宜しくお願いします。

・**facebook.**
(2016.09.25)

退院

26日月曜日に退院しようと思う。27日に用事があるから。

でも、こちらがそう思ったって、そうそう退院できるわけではない。

そこで、お医者さんと交渉だ。やはりデーターをもとに交渉するしかないから、こちらが不利であることは当然だ。でも、入院しているほどの数値であるか、などなど交渉の余地があって、とうとう別の科の先生の診断に特別なことがなければ、退院しても良いという許可が出た。決して病気が治ったわけではないけれども。

明日の午後、決定される。

16日からだから、ほぼ10日間の入院だった。病気というものはいつだって長引き、暗い跡がついてくるものだから、とにもかくにも退院できることは幸せなことだ。

皆様にご心配をおかけいたしました。ありがとうございます。

＊幽苑：退院出来たら良いですね。焦らずゆっくりと養生してください。

＊邱羞爾：ありがとうございます。もう帰国なさったのですね。

＊幽苑：はい。今回は自治会や仕事のこともあり、1日早く帰国しました。

＊吉永 弥生：退院おめでとうございます。心リハで、お待ちしております。

＊邱羞爾：うれしいな。コメントをありがとうございます。でも本当のことを言うと、今、私は東京から帰宅したばかりなのです。ちっとも体が良くなっていないのに……。だから、森下先生にも挨拶していないし、弥生さんにも怒られそうだから、今やっと返事しているのです。心リハ、当分行けそうにありません。

＊篤子：邱羞爾さん、退院できると良いですね。やはりご自宅が落ち着きますよね。

＊邱羞爾：あっちゃん、コメントをありがとう。実は、今、東京から帰って来たばかりなのです。弟の正昭の古希記念の講演会とパーティーがあったからです。サプライズでしょう？体が良くなるわけがありません。

＊池上 ゆり：先生！退院おめでとうございます！！！
退院したからって無理してはいけませんょ！！！いつまでも元気でいてくださいねっ！！

＊邱羞爾：ゆりさん、コメントをありがとう。もうさっそく無理しています。君の赤ちゃんはずいぶん大きくなったでしょうね？

・facebook．　　　　　　　　　　　　　　　　　　　　（2016.09.28）
正昭、Bobの古希の祝い

＊萩野正昭：京都から駆けつけてくれた、私の兄夫婦と一緒に。昨夜、古希を感謝する集いにて。

＊吉田 一彦：おめでとうございます。

II 2016年

* Masaaki：浜野保樹さんの写真もそこに飾りました。

---

*山口裕美：おめでとうございます！お兄様、似てますねー。

---

* Masaaki：兄は入院中の病院を抜け出して来てくれました。やつれているでしょ。

---

* Atsuko Fujimoto：三兄弟ですね(^^)

---

* Masaaki：ハハハ……

・**facebook.**
(2016.09.28)

正昭、Bobの古希の祝い

27日に、「ボブ・スタインと萩野正昭の70歳記念感謝の集い――すぎ去った風景を心に抱く"Embrace the landscape left in my mind"」が、東京麻布の国際文化会館であった。私はそれに参加した。ボイジャー創業者、ボブ・スタインと萩野正昭が70年を迎えて、デジタル出版へ至る互いの過去を振り返るものであった。そして、スピーカーとして佐野眞一も参加した。佐野は正昭と同学であり、この7月に小学館より『唐牛伝 敗者の戦後漂流』を上梓している。それで、もと全学連委員長の唐牛の話を中心に、60年安保から日本が変わったこと、その変わった中の1つは学生運動は敗れたけれど、安保反対闘争があったから岸信介内閣が倒れ、その結果、戦争ができなくなったことだと指摘した。その指摘には、60年安保をめぐる様々な局面があって、それを1つ1つ説明したので、なるほどと納得いった。彼は最後にマルクスの『資本論』からの言葉だとして、「優れた商品はよく貨幣を産むが、それを金に換えるには並大抵の努力ではなしえない」といったような言葉を引用した。この言葉に、正昭が喜んで反応した。ボイジャーは長いこと、電子出版に力を入れ、それは今や一定の価値を生んでいるが、金を稼ぐかどうかという話になると現実にはそう簡単にいっていないからのようだ。

午後6時からは、第2部として「みなさまへの感謝の集い」が同じ国際文化会館の地下・岩崎小弥太ホールで行なわれた。私はそこで、グリーティングを言うつもりであった。1つは、唯一の兄貴として弟の会に参加してくださった人々へのお礼もあり、また、この会に総力を挙げて運営してくれた代表取締役の鎌田純子さんをはじめとするボイジャーの諸兄姉への感謝もしなければならないと思ったからである。でも、実際は、私の出る幕はないほど会は盛りだくさんで、また貴重な映像や、正昭が教育映画

を作っていたころの監督・山下秀雄氏の貫禄あるそして味のある話などがあって、私のグリーティングはなしとなった。
そこで、ここに、一部を載せることにする。

Dear Masaaki, dear Bob Stein, I wish you two happy 70th birthday!

The age of 70 is called "Koki" in Japan. The word "Koki" originates from a line of Du Fu's poem.   Du Fu is the most famous poet in Tang dynasty of China. 人生七十古来稀。Life rarely live to seventy. A lot of people do not attain the age of 70.

Especially good news is that Masaaki has become a grandfather at the twenty first of this month.

By the way, I'll congratulation Mr. Shinichi Sano, too. He was born in 1947. In former times we count up the 69th birthday plus one year. If so, he is same 70th birthday anniversary at present.

So, I congratulation three men's "Koki". "Koki" is not a goal of the life, but is a starting point toward the next stage.

I hope the three men, they have good days, nice days and happy days from now onward.

Thank you.

講演会の入口

自著にサインする佐野眞一氏

講演中の萩野正昭氏と、その映像を見るボブ・スタイン氏。真ん中の人は通訳。

II 2016年

- facebook. (2016.09.30)

児玉さんの個展

児玉幽苑さんから個展の案内が届いた。「児玉幽苑中国画展」である。なんと、今回は12回にもなるそうだ。
阪急宝塚線の「清荒神」駅から3分ほど歩いた、ギャラリー「六軒茶屋」で、10月20日（木）から24日（日）まで開かれる。午前10時〜午後5時（最終日は4時半）。
中国山水画、花鳥画35点の展示である。幽苑さんの本領がここにあると言ってよいだろう。

＊幽苑：先生、そうなんです。もう12回目になります。その間いろいろな事を経験し、それが絵にも出ていれば良いのですが…。
今月東京の日中友好会館で開催の日中韓3カ国の展覧会で、山水画で大きな賞も受賞しました。

＊邱羞爾：それは素晴らしい！なんという賞ですか？もちろん、そのうちアップしてくださるのでしょうね？

＊幽苑：14日に授賞式に出席しますので、その時にアップします。

- YuanMingの「便り」（第2） (2016.10.01)

今回のYuanMingの「便り」は、社長のお供をした報告であるから、いささか緊張気味だ。しかし、相変わらずの細かい目は生きていて、個人では得難い場面があって、面白く、貴重だ。どうぞ、じっくり味わってください。
＝＝＝＝＝＝＝＝＝＝＝＝＝＝＝＝
雲南に続き、北京、常州に出張に行ってきました。
2007年7月以来の北京です。
出張の合間に経験した事をご報告させて頂きます。
今回は北京出身の社長と同行だった為スペシャルコースです。
決して遊びではありません。

出張目的：医療ツーリズムの市場調査　中国人患者を日本で治療する

◎9月4日㊐

北京首都国際空港。人が多すぎて、交通整理ができてない。

休日出勤ですが、関空から中国国際航空で北京へ。
中華系の航空会社はスマホをフライトモードにしても使用できない。
なので、タブレットを持って映画鑑賞。（iPad、amazon fireの使用は大丈夫。）
日系の航空会社はスマホをフライトモードなら使用可能。
北京で会う人へのお土産が多すぎて、今回は贅沢にタクシーでホテルチェックイン。
ホテルは北京如意商務ホテル。一日400元。ネット評価がいいホテルです。
周囲に飲食店、足マッサージがあり環境はまあまあです。

◎9月5日㊊

北京協和医院での現地調査。ここは老百姓が行く中国のトップレベル。
官僚などは中国人民解放軍総医院（通称：301医院）へ行くみたいです。
ここで大連在住の社長の母と合流。彼女は眼科で診察を受けるため、動車（新幹線）で5～6時間かけて来ました。
彼女は朝3時半にVIP窓口で受付を済まし、診察を受けたのが14時過ぎ。
診察時間は5分。病名は加齢黄斑変性症。飲み薬をもらって、眼底注射を受け終了。中国の病院はすべて前金。受付も治療も前金。

建物立派

なぜ、大連で治療を受けないのかと聞くと、大連では治せないからとの回答。社長曰く、中国で最高峰の治療を受けるには北京、上海に行かなければならない。
上海なら代表する病院は華山医院です。
受付は医者のランクによって異なりますが、ここの病院は60元～300元。
中国で病院に行くのは大変ですね。

待合室。人で溢れています。

VIP専用窓口。ここも人が多い。

挂号（受付）一覧。

医者のランクによって値段が異なる。

回生晏語　　　　133

II 2016年

◎ 9月6日(火)

上着 1200 元。

仕事の合間に大柵欄街にある瑞蚨祥に行ってきました。
ここは中国老舗の服屋さん。1949年10月1日中華人民共和国成立した時、天安門で国旗を掲揚した五星紅旗を作成した店で。シルクを使った手作りの中国服が購入できます。

そのあと、北海公園で宮廷料理を頂きました。
北海公園に入るには入場料がかかりますが、中でご飯を食べると言えば無料です。仿膳は中国で唯一宮廷料理が食べられるところ。簡単に言うと皇帝が食べていた料理が食べられる。特徴は料理の揃うスピードが速い。炒め物がない。皇帝を待たせると首を切られるらしいです。

瑞蚨祥で購入した唐装で宮廷料理を食す。

❶❷中華料理にしては味が薄かったです。❸店の雰囲気。❹装Bしています。装Bとはカッコつけるという意味。

◎ 9月7日(水)

青空

北京市内にて現地調査。
この日は時間がなく観光していません。
石炭を使いだす11月からPMが見られます！！

◎ 9月8日(木)

社長のふるまいで特等座席。

動車（新幹線）で北京から常州へ。移動距離7時間。
全車両に4席しかないレアシート。普通のシートの2.5倍の価格。弁当、飲み物、お菓子がついてきます。
常州到着。常州は会社のオーナーが住むところ。刺繍と櫛が有名な所。
晩飯は火鍋。

鍋は真ん中に仕切りがあり、辛い味と辛くない味が楽しめる。

◎ 9月9日㈮

常州市第四人民病院。

常州の病院調査。
技術の良い医者が大都市で働くため、勤務する医者は若手。
その為、ここの病院では誤診が続き、死亡事故が相次いで発生。病院には人がほとんどいません。
夜は得意先と白酒で乾杯。

◎ 9月10日㈯

常州から上海まで動車（新幹線）で移動。
留学時代よく行った南京西路のパチモン市場へ時間潰し。
8年前は活気があった市場がほとんど閉店しており、閑古鳥が鳴いていました。店主に聞くと上海政府は偽物市場を潰しにかかっているとのこと。私にとって名所遺跡が少ない上海では偽物市場が一番の観光地。陝西路、静安寺の偽物市場も無くなり、思い出だけが残っています。涙。
南京西路駅から地下鉄2号線で1時間ぐらいかけて浦東空港まで。
中国国際航空で関空まで。荷物も無事届きホッと一息。
関空の匂いはなぜか落ち着きます。

◎ 余談

1、中国のネットは不安定。Google、LINE、フェイスブックなどできないので、VPNを申し込むとかなり便利です。
2、愛国心のある芋売り
3、変な視力検査
4、中国のカルテは自己管理（X線やCTもプリントして自己管理）

一冊5毛

回生晏語 ―――― 135

II 2016年

5、常州でみた訪日人間ドックの看板
　東京で人間ドックなのに、写真が清水寺。
6、仿膳で飾ってあった愛新覚羅溥儀の弟。
　溥傑の書いた字。綺麗か汚いかよくわかりません。
7、医師と患者以外の人も診察室にいます。
　社長曰く、お金がない人や、受付が出来なかった人が、飛び込みで病気を診てもらいに来たらしいです。門前払い。

追伸。日本語がおかしい所は目をつぶってくださいね。
以上。

＊シナモン：今回も楽しく拝見しました。
まず仿膳の天井がガラス張りになっていて驚きました。私が行ったのはもう随分前ですが、前は薄暗かったように記憶しています。
次に協和医院や常州の病院の建物の立派なこと。しかし受付が混んでなかなか診てもらえない状況は改善されていないようですね。掛号は随分高くなったというのに。
一番興味をひかれたのは訪日人間ドックツアーの広告です。写真を拡大しても文字は読めませんでしたが、どういう内容で15,800元なのか、気になります。当然旅費は別ですよね？
YuanMingさん、文章と写真で現地の様子が生き生きと伝わってきて、とても面白いです。
「多多」の由来はいつか聞いてみます。

＊YuanMing：シナモンさん、コメントありがとうございます。
訪日人間ドックですね。15,800元です。
内容は医療ビザの発行、精密検査（内容不明）、通訳、結果報告翻訳、専門家によるアドバイスです。旅費、宿泊費は含まず。参考にJTBが北京で行っている訪日人間ドックは、病院は異なりますが35,000元です。こんなバカ高い値段設定で参加するのでしょうか。中国人の行動力なら直接病院に予約しそうです。

- **facebook.** (2016.10.03)

漢字ミュージアム

今日はなんとうれしいことに、阿辻先生が「招待券」を贈ってくれた。6月29日に祇園にOPENした「漢字ミュージアム」の「ご招待券」である。期間が長いので、これなら行ける。阿辻先生、ありがとう！

＊阿辻：是非ともご感想をお聞かせください

＊邱羞爾：了解。但し、今すぐには出かけられないのです。ご了承ください。

＊Yumiko：先生、わたくしも頂戴いたしました。ご一緒させていただくことが可能ならぜひお願い申し上げます！

＊邱羞爾：ありがとう。一緒に行けたらよいですね。でも、今はちょっと行けそうにありません。遅くなっても良ければ連絡します。

＊Yumiko：期限までもう少しありますしね(^_^)　首を長くしてお待ちしてます♥　くれぐれもご無理なさいませんように

- **杉本先生のメール** (2016.10.11)

先日、杉本先生からメールをもらった。なんというめぐりあわせか、いつも私が困窮しているときに、救世主のように杉本先生は私に声をかけてくれる。この恩義には、なんといってお礼を言ってよいのかわからない位だ。

回生晏語　　　　137

杉本先生は、この夏2つの目標を立てて、その目標を達成したそうだ。その1つが、ここに転記させてもらう文章である。

杉本先生の文章は、いつも味わいが漂う、後に残るものであるが、今回の文章も、俗に堕さない味のある文章である。多分努めて濃厚なお涙頂戴式の文章にすまいとする意があるのであろう。言ってみれば「かるみ」を目指した文章である。私にはそうとれる。人生の過ぎ方来し方を振り返ってみれば、「かるみ」で過ごそうとすることは、かなり努力というか意力がいることなのである。その奥深さに私は感心する。

~~~~~~~~~~~~

替え歌　その1　　　　　　　　　　　　　　　　　　　杉 本 達 夫

昭和18年4月に、私は国民学校1年生となった。片田舎の小さな学校で、各学年とも男女共学の一クラスだった。その1年生の時、私は大きくなったら陸軍大将になると、口走ったことがあるらしい。自分では全く記憶がないが、頭髪に秋風が立つころになって、郷里で同級会が開かれたとき、1年の時の担任だった先生が話してくれた。先生は3歳上の兄が入学した時にも担任だったそうだ。

入学前も後も戦争一色の時代である。子供の歌も多くは時代の色に染められていたのだろう。就学前に憶えた歌を思い起こすと、もしもしかめよ……とか、むかしむかしうらしまは……とかいう幼児の歌にまじって、うみのたみならおとこなら……だの、しまへおじゃるなら、ぱらおとうへおじゃれ……だのという、大人向けの歌の断片が浮かび出る。そして、自分が歌った記憶はないものの、軍人を歌った子供向けの歌を、しっかり憶えている。そのひとつに、

　　　　ぼくは軍人大好きよ　　　いまに大きくなったなら
　　　　勲章つけて剣下げて　　　お馬に乗ってはいどうどう

という歌がある。剣下げて馬に乗るのは、相当に上位の将校である。私はこの目で見たことがない。村から出た誰かがそういう地位にいる、という話も聞いたことがない。けれども時代が時代である。軍人合わせだの、軍人の絵づくめのメンコだの、絵本だの、様々な形を通して形象が出来上がっていたに違いない。

昭和20年4月、3年生になったとき、京都市の児童が集団疎開でやってきて、各学年とも男女別学の二クラスとなり、狭い学校に京都弁があふれた。児童の宿舎は学校近くの寺院で、塀に囲まれていた。3年男子のクラスも、半数はもちろん京都の子供である。その中にひとり、目立つ子がいた。体が一番大きく、いつも怒ったような表情で、大声でよくしゃべり、疎開仲間の中心になっている印象があった。いわばガキ大将である。その子が何かの拍子に、「しばいたろかっ！！」と迫ってくると、

村の悪童もおびえた。とはいえ、その子はけんかもしなかったし、弱い子をいじめることもなかった。行動は穏やかながら、何となく全身で威圧していた、と言えばよかろうか。

さてその子がある時、上記の歌の替え歌を歌った。

　　　　ぼくは疎開大きらい　　　　いまに京都にいんだなら
　　　　おっかちゃんに抱かれて乳のんで　　　1銭もらって飴買いに

みんなに聞かせたのではない。みんながざわついている休み時間に、めずらしく自分の世界にこもるような表情で、窓の外を見ながら、小声で鼻歌で歌っていた。無意識に歌っていたのかもしれない。わたしはたまたま聞いてしまった。ほかにも気づいた者はいたかもしれない。

この替え歌を聞いたとき、わたしはべつだん感想も湧かなかった。ただ、強く怖そうな男と、おっかちゃんに抱かれるだの、乳をのむだのという幼児っぽい歌詞が、似合わないと感じた程度だった。長じて時おり、この時の場面がひょいと脳裏に浮かぶようになった。あの替え歌の中に、子供たちのどんな思いが込められていたのだろう。親と離れて暮らす寂しさ、育ち盛りの飢餓の苦しさ、塀の中の宿舎の不自由さ、……。みんながみんな同じ辛さを抱え、辛さを吐き出す場所を持たないでいる時、みんなの真ん中にいるかれが替え歌を作り、大胆にも、あるいは不注意にも、鼻歌で歌ってしまったということなのだろうか。歌はたしかにみんなの思いを代弁していたはずである。

私が聞いたのはこの1度だけである。ほかの子が歌うのも聞いたことはない。宿舎では歌われていたのだろうか。それともかれひとりがひそかに考え、教室で口にしてしまったのだろうか。たとえ宿舎の片隅であれ、みんなで小声を合わせて歌うことができたのなら、まだしも救われる。だが、引率の教員だって、上級の軍国少年だって、笑って見過ごすはずがなかろう。低学年だからといって、小国民の精神に反するこんな歌が、しかも宿舎で、許されたとは思えないのだ。ただ、かれが宿舎で叱られたとは、うわさにも聞かなかった。

教室での場面は思い出すが、その子の名前も顔も思い出せない。今どこかで出会っても、たがいにまったく気付かないだろう。その子から一度だけ、文句を言われたことがある。戦時下である。体操の時間には4列縦隊で足並みをそろえ、学校の外まで駆け足で往復することがあった。その時期わたしは級長であり、号令をかけ、先頭を走る役目だった。終わってその子が、こわい顔でわたしに言った。自分らは腹が減っていて力が入らないのだ。もっとゆっくり走らんかい、と。思わぬ苦情だっ

回生晏語———— 139

た。わたしはただ黙っていた。ほかの子は誰も何も言わなかった。この場合も大将
株のかれが、みんなの思いを代表して注文を付けたのだ。

そういう小さなことさえも、当時のわたしは気が回らなかった。かれひとりの勝手な
苦情だと思った。かれの役割や、ほかの子たちの苦しみが、すこしは思いやれるよ
うになったのは、何年も隔てた後になってからである。名前も顔も思い出せないか
れは、いままだ生きているとして、自分が替え歌を歌ったこと、体操の時間の後で
級長に文句を言ったことを、記憶に残しているだろうか。多分かれにとっては、こ
んなことは日常茶飯であって、到底いちいち覚えてはいられないのではないか。

8月に戦争が終わり、京都の児童は帰っていった。村にいたのは5か月足らずである。
村の子と都会の子の交流はなかった。村の子は都会の子に対して劣等感を持ってい
る。相手が都会の雰囲気を持ち、京都弁をしゃべるというだけで、1段も2段も上の
人間に思われるのである。口をきくことも少なく、求めて近づくことはなかった。生
活環境も違う。村の子は学校から帰ると、野良仕事に出たり野山で遊んだりするが、
疎開児童は宿舎にこもっていた。なぜ外に出さなかったのか、事情は知らない。村
も暮らしが困窮していた。子供たちも腹を空かせていた。同じ年頃の都会の子が、親
を離れ家を離れて、狭い宿舎で空腹を抱えていることを、理解し同情するゆとりは
なかった。まだ8歳の子供であったし。

集団疎開に先立って、縁故疎開は前年から始まっていた。村にも何人も来ていた。親
といっしょならまだしも、子供だけの場合、その寂しさ辛さはどれほどであったろう。
心の傷となって残ってはいないだろうか。後年知り合った都会育ちの友人は、縁故
疎開が話題になると、決まって意地悪された恨みを言う。私の村ではどうだったの
だろう。私の学校の上の学年ではどうだったのだろう。意地悪の話は聞いていない
が、8歳の子供だから、情報に疎かっただけなのかもしれない。わたし自身だって、
思わぬことで恨みを買っているかもしれない。意地悪の有無はいじめと同じく、被
害者の側が決めることなのだ。児童集団が京都へ帰った後、クラスでかれらのこと
は話題にならなかった。小さな風が吹きすぎただけのようなものだった。敗戦後の
変化が大きすぎたせいかもしれない。　　　　　　　　　　　　　　2016.10.3.

· **facebook**.　　　　　　　　　　　　　　　　　　　　　　(2016.10.11)

体調

私は9月26日に退院した。退院して、もう2週間以上になる。しかし、体調は一向に
良くならない。もちろん医者に通ってはいる。だから、少しずつ良くはなっているの

だろうが、なんとも良くない体調に私自身イライラしている。何が悪いのか。悪いところはいっぱいあるが、1つだけ言うと、足にむくみが来てパンパンなのだ。そのせいか、歩くという人の基本的動作が大儀であり、大げさに言えば、歩行困難なのだ。例えば、家の階段を上がることが苦痛で、這って上がる具合だ。

明日の水曜は、また朝の8時には行って採血をし、2時間近く待ってやっと結果がでる。それから1時間以上かかって（時にはもっとかかって）、お医者さんに診てもらえるという具合だ。

＊山岡 義則：うちの母は、口の中にできた癌を手術し、その後、ベッドで横たわっていたら足が深部血栓症となりパンパンに腫れました。
結局、血をサラサラにする薬をのみ続けることになりました。
先生は大丈夫ですか？　母はエコーをとり判明しました。（かなり腫れていたので）

＊邱羞爾：義則先生、コメントをありがとうございました。血をサラサラにする薬とは、ワーファリンのことでしょう。私はもう何年も前から飲んでいます。下肢のエコーはまだ撮ったことはありません。胸部ばかりです。「深部血栓症」とは初めて伺いました。今日は、少しむくみが引いたようであったので、この調子で行くとよいなぁと思っているところです。でも、私の見通しが悪く、今日も帰宅は3時になっていました。

・**facebook.**　　　　　　　　　　　　　　　　　　　　　　　(2016.10.15)

歓待

今日10月15日（土）に、退院してから初めて、我が主治医である森下ハートクリニックの森下先生に挨拶に行った。先生は、私が京大病院に入院する前には、私と握手して「元気で戻って来なさい」と激励してくれたからである。今日も「元気になった」と退院を喜んでくれた。そればかりか、看護師の人から受付の人までみんなニコニコと挨拶し喜んでくれた。特に、副院長の好美さんは、提案が1つあると言って、弾性ストッキングを勧め、足をもんで履かせてくれた。これには大変感謝した。もっとも、この靴下を履くのは大変な仕事になりそうだが。

森下医院に入ったときに、リハビリで一緒であった酒井さんに会った。まるで級友に会ったように懐かしく、嬉しかった。彼も久しぶりの対面に喜んでくれて、これまでのことを話し合ったりした。私は、診察のあと、リハビリテーション室のある3階に

回生晏語―――― 141

II 2016年

行って挨拶した。吉永さんをはじめみんなびっくりして喜んでくれた。
こんなにみんなから暖かく迎えられると、とても嬉しくなってまたリハビリを再開したくなった。来週はまだ京大病院に行くので無理だけれど、その次から始めることにしようと思う。
今日の送迎は、家内が買い物に行くついでで、家内の運転する自動車だった。だから楽だった。
皆さんの歓待と援助に感謝するものである。

＊幽苑：先生の文章から少しずつ良くなられているのを感じます。温度差の激しい今日この頃、くれぐれも風邪にはお気を付けください。

＊邱羞爾：幽苑さん、コメントをありがとうございます。東京はいかがでしたか？

＊幽苑：東京は交通の便が良いですが、地下鉄は階段の上り下りが大変ですね。キャリーではとても移動出来ません。キャリーを持たず最小の荷物で行ったつもりが、負担になりました。
展覧会は良い所に展示してくれていました。他の分野の作家とも交流出来ました。また、出光美術館と根津美術館が良かったです。絵、書、陶芸、茶道と知識のある分野でしたので楽しめました。

＊Shigemi：リハビリ、頑張ってください!!

＊邱羞爾：コメントをありがとう。君の頑張りには感心するよ。

• facebook. (2016.10.15)
満月

今日は月齢15.1の月が出た。東山から覗いてくる月を我が家の窓から撮ったのだが、どうもうまくない。でも記念だからアップしておこう。
22日の土曜日に、久しぶりに報告をさせてもらうことにした。会長の吉田先生には「万一のことがなければ大丈夫だ」と言って許可してもらった。吉田先生は「文革についての

我が家の窓から見る東山に出る満月

10月22日の公開研究会の案内
（無料で誰でも気軽に参加できます）

話ならば、万一の時は代わってやろう」と言ってくださった。
それで安心して22日に報告することにしたが、文革に関してというのもいささか憚られる内容だ。今、翻訳中の本の紹介だから、そんなに大したことは言えない。でも、この紹介でこの本に少しでも興味を持ってくれる人がいたら、とてもうれしい。本の翻訳の完成はいつになるかわからないが、せめて今年中には出版したいと思っている。

・facebook.　　　　　　　　　　　　　　　　　　　　　　　（2016.10.22）
無事終了

22日はうれしいことに、公開研究会で、無事報告が終わった。
うれしいことというのは、まず私が無事に公開研究会の会場にたどり着いたということだ。今日は「時代まつり」だったので、交通が混み合っていて、バスがなかなか進まなかった。次に、私の体調がよくないものだから、息が上がってフーフー言ったけれど、時間に遅れることなく会場にたどり着いた。
会場には、珍しい人が参加していて、私に挨拶してくれた。みな、「お元気そうで、何よりです」と言ってくださる。少なくとも表面的には、私は元気そうであったのだろう。うれしいことだ。だから、「9月には入院していたのですよ」などと野暮なことは言わなかった。
私の発表については、こういう人たちは勿論お世辞も含めて、「面白かった」と言ってくださる。そう言ってくだされば、とてもうれしい。わざわざ、私の発表だからといって参加してくれた人も何人かいたのだった。私の中ではいくらでも失敗やヘマがあったけれど、パワーポイントの操作も、レジメの至らなさも、過ぎてしまえば、全体としてそんなに悪くなければ、良かったのだ。たかが、本の紹介をしたに過ぎないのだから。多くの方にご心配やご配慮を頂いたが、無事成功裏に終わりましたと報告させてもらおう。

＊純子：ご発表大成功でよかったです！！参加できずに本当に残念でした。

＊邱羞爾：純子先生が来れず、残念でした。とっても良かったのだぞ！（笑）

＊Ayako：先生、昨日は興味深いお話をありがとうございました。

文化大革命が何だったのか興味を持ち始めた矢先でしたので、参加させていただきましました（本来なら学生時代に勉強しておくべきだったのですが。）出来上がった本が早く読みたいです。

菊地先生の漢奸のお話も驚きの連続でした。昨日の京都は本当に人が多くて歩くのも大変でしたね。私も人混みが苦手なので、講演を聴いた後、そそくさと大阪に戻りました。

＊萩野 脩二：Ayako さん、君が参加してくれるなんて、びっくりしたよ。ありがとう！菊地先生の話も驚きでしたね。でも、君の勉強に対する向上心には、もっと驚きです。頑張ってください。

・10 月 22 日の本の紹介について　　　　　　　　　(2016.10.25)

私は 10 月 22 日の王耀平著『羅山条約』という小説の紹介で、次の様なことを言った。「文化大革命は、人の明瞭な明るい能動的な部分を引き出す運動として機能する面を持っていたが、その反面、人の暗部をもさらけ出す一面もあった。」と。

その例として、この小説に描かれた、ある女性の形象をあげた。その女性は、文革が始まるや、造反派として活躍して副部長を批判してのし上がり、五七幹部学校では毛沢東思想宣伝隊の指導者となって、学校運営を牛耳ったのだ。だがある日、彼女は〝五一六〟分子として逆に審査される身となり、かつて自分が作った「告白を強制させる処罰」を、今度は逆にすべて自分が受けねばならなくなったのである。その結果彼女は気が変になり、結局は病院で静養することになったのだ。

この形象から、我々は、人の生殺与奪の権力を握っていた人物の転落という悲喜劇を感ずることができる。悲劇であり、喜劇でもあるが、おかしな事象とするにはあまりにも悲惨である。そして、こういう人物を「いい気味だ」と思うことも、ある意味で快感であるが、実は人の持つ暗部の感情がふとしたすきに出てしまう哀切な社会に自分たちはいるのだと言えよう。

どうやら、他のことからも、こういう現象は多くの五七幹部学校で起こったようだ。だから、この描写は、五七幹部学校という 1 つの閉鎖された社会だけでなく、文化大革命という当時の中国社会における状況下の人びとのいびつな味気ない醜悪な部分をも摘出していると言える。

「あの頃は人間性がなかったのです。みな狂っていたのです。まして私のような世間をまだよく知らない子供においては。 我々はすべての人を許すと同時に、我々自身をも

許そうではありませんか！　そうでないと、我々がひきうけたものはあまりにも重いのです。」

こういうことを述べる人物もいる。

そこで、私は、この『羅山条約』という小説は、当時の子供たちが50歳を超えた時の回想から、五七幹部学校を通じて文化大革命という時代への感慨を描いているのだと指摘し、それを人は歴史が描かれていると言うが、歴史とは何かという疑問を生み出すと指摘しました。つまり、この小説の中の今も生きている登場人物、そしてそれを読む我々にとっても、歴史とは何であるかという問いかけをもたらします。文革にせよ五七幹部学校にせよ、今や１つの過去にすぎません。過去は自分にとってなんであるのか、という疑問です。この疑問は、過去の上に生きている我々にとって、すなわち、生きるとは何であるかという問いと同じ次元になることで、一概に答えは出ないに違いありませんが、そういう問いをこの小説は発していますということを一応の結論とさせていただいた。

かなり主観的な報告となったので、この前に、文化大革命と五七幹部学校との関係、及び五七幹部学校という聴き慣れない事柄の説明を一通り説明しました。

以上は、『羅山条約』という本の紹介でしたが、問題はまだ訳ができていないことです。紹介を詳しくしようとしまいと、本ができていなければどうしようもありません。この紹介の時、いろいろ意見を頂いたので、帰宅してから、また１から訳文を見直ししていると、いくらでもアラが出てくるので、なかなか仕上げまで行きそうにありません。尤も、この本はどこの出版社もつかないことでしょうから、自費出版の形で出すほかしようがありません。そうすると、できるだけレイアウトなども直さないで済むようにして印刷屋に渡さなければ、高いものにつきます。レイアウトなどに素人の者が試行錯誤を繰り返しながら、今、見直ししているので、時間がかかります。

でも、幾人かの人から「読んでみたい」「楽しみに待っている」とも言われたので、精一杯頑張るつもりです。

・**facebook**.　　　　　　　　　　　　　　　　　　　　　　　　　(2016.11.01)

古典の日

今日はいささか冒険をして、すっかり体がのびてしまった。まず、火曜日だから、２階の掃除をした。それだけでもう、体力がなくなってしまっていた。でも、前もって購入していた「古典の日フォーラム2016」があったので、昼飯も早々に、ロームシアター京都メインホールに出かけた。バス停まで、普通ならば５〜10分で行けるところ

II 2016年

を、息が上がってしんどくて、20分ぐらい、休み休み行く始末であった。会場までが、これまたいつもなら簡単で一番近いのに、今日はフーフー言ってとてもつらかった。

フォーラム第1部は、「古典の日宣言」や、挨拶、来賓祝辞などがあったのち、瀬戸内寂聴の「講演」があった。これは大変面白かった。94歳になったそうだが、88ぐらいで死ぬのが一番いいなんて言った。そのような率直な話しぶりが愉快であった。続いては、「対談」であったが、中村勘九郎の相手である彬子女王殿下が三笠宮の薨去により服喪中で欠席となり、井上あさひさんの聞き手となった。勘九郎は自分の実体験から技術面での親から子への伝承について語り、感慨深い話をした。あさひさんは、自分が用意した質問に精いっぱいで、勘九郎の話を掬い取って広げられなかったが、急な変更だから致し方ないのかもしれない。

第2部は、「詩編交響曲『源氏物語』より」ということで、千住明作曲、松本隆作詞をソプラノ内藤里美、テノール松本薫平、ピアノ小柳るみで演じた。このころになると、音楽の苦手な私はうとうとしてしまった。次の林望「『源氏物語』そのさまざまな味わい」という「講演」も面白かった。『源氏物語』がいかにリアリスティックで、中には品の悪い文章も、凡庸なものには描けない穿った文章もあるということを例を挙げて指摘し、ぜひとも全文を読むようにということで終わった。4時半だった。

帰りはとてもつらいので、タクシーに乗って帰宅した。

ロームシアターは、これで2回目だと思うが、座席のプレートは小さく、座る人側についているのでとてもわかりにくい。また通路になる階段に手すりがないので、私のような杖をついて歩く人間には、とても怖くて不便だ。今日は「古典の日」ということもあって老人が多く、杖をついている者も多かった。そして、トイレがとても足りない。休憩時間内に女性が用を足すことがギリギリであるか、あきらめざるを得ないのだ。どうも、観客に不親切なつくりとしか言いようがない。

体はとても疲れたが、それでも、久しぶりに勉強して気分は良かった。

＊正昭：大丈夫かい……？

＊邱羞爾：ありがとう。何とも言えない……。

＊Yumiko：昨日の夜のニュースでこの模様を少し拝見しました。あの会場におられたのですね。
でもあまり無理をなさらないでくださいね。（私とのデート？もお願い申し上げたいので）

＊邱羞爾：あることの予行演習として出歩いたのですが（もちろん、Yumikoさんとの約束も含めて）、どうも厳しい状態でした。ご心配をおかけします。

・**facebook.**　　　　　　　　　　　　　　　　　　　　　(2016.11.03)
欠席
11月3日は、なるほど良い天気だ。青い空を見ていると気持ちはよい。だが、私はなんと言っていいかわからないが、悲しい気分が心の底から湧いてくる。
なーに、それほどたいしたことではないが、実のところ体が動かなくなってしまったのだ。立つこと、こんな基本的なことが苦しいのだ。そして、歩くこと、これが一層苦しい。フーフー、ハーハー言って足を前に出すのが辛いのだ。この原因がわからない。どのお医者さんも明確な答えを出してくれない。データーを見て「大したことない」と言うお医者もいる。こちらの声を真剣に聞いてくれない。
とにかくこういう状態だから、私の楽しみにしていた5日の会合を欠席することにした。とても残念だ。今年後半の最大の目標としていたのだが、5日に奈良まで出かけるのはとても無理だ。

＊うっちゃん：気をつけて下さい。

＊邱羞爾：ありがとうございます。先生の活躍に目を見張っております。先生もどうぞお体お気をつけて！

＊幽苑：何が原因かはわからないんですね。朝夕冷え込むようになりました。くれぐれもご自愛ください。

＊邱羞爾：ありがとうございます。心不全と腎不全が原因なのでしょう。ただ、本人が苦しむのに対してお医者さんはまだ大丈夫だという態度です。

回生晏語　　　147

Ⅱ 2016年

＊葛井 愛：先生、とても心配です。お医者さんの中にはその様な冷淡な方もいらっしゃるのですね…
季節柄、どうかご自愛ください。

＊邱羞爾：愛ちゃん、ありがとう！来週（月と水）に2人のお医者さんに診てもらいます。

＊葛井 愛：そうなのですね!!安心致しました。お身体お大事になさってくださいね(^-^)

＊義則：心配ですね。
ときには悲しい気分になることはあるのでしょうが、一時的なものであればよいのですが。
お医者さん、専門化されすぎて何か大切なことを忘れてしまっておられるのかもしれませんね。
どうぞ、心は若く、健康を保ってくださいませ。

＊邱羞爾：ありがとうございます。お心、大変うれしいです。

＊Shigemi：残念です。先日から心配していましたが、今年はやはり無理ですか。

＊邱羞爾：私もとても残念だ。急激に悪くなっている。明日は皆さんにどうぞよろしく！

＊Shigemi：承知しました。来年もまた同じ頃になると思いますので、ゆっくり時間をかけて養生してください。

＊登士子：先生、ご体調が優れないようで、とても心配です。どうかご無理なさらないよう、ゆっくりお休み下さい。早く良くなられることを祈っております。

＊邱羞爾：ありがとう！登士子さんは元気ですか？

＊登士子：はい、元気にしております！また年明けに、実家の和歌山から箕面の
あたりに引っ越すことになりまして、これから少しバタバタしそうです。

・facebook.

(2016.11.06)

救急搬送

11月5日、私は生れてはじめて救急車で病院に搬送された。

担架に乗せられ大通りの救急車に搬入されるときに見た空は青く、良い天気であった。
まず、私は森下ハートクリニックに行った。とても体調が悪く苦しいので、主治医の
森下先生に予約はしていなかったが、飛び込みで尋ねた。先生はすぐX線を撮り、影
があるとして、CTを撮った。個人の医者としてCTを備えているなんてそうざらにあ
るわけではない。撮った後、先生自ら2階に上がって来て、「肺炎の気がある。すぐ京
大病院に連絡するから、救急車で入院しなさい。」と言う。適切で敏腕な先生の処置で、
30年ほど前の肺炎の時以来また助かったと言える。

「今日は土曜日で、休みが多い。午前の早いうちだったから、まだ間に合った」と副院
長の好美さんが言う。好美さんは私の顔を見るなり、「顔色が悪い。しんどいですか？」
と聞いてくれた。すぐさま点滴をして、救急車が来るのを待ち、救急車に一緒に乗っ
て京大病院までついて来てくれた。途中、寝た切りにならぬように、足首や脛を動か
すようにと言ってくれる。

京大病院の緊急処置室では、ほぼ1時間以上も検査の心電図やら採血などをし、寒かっ
た。やっと11時15分に南病棟6階の病室に向かった。入口で看護師の木村弥生さん
が「お久しぶり」と出迎えてくれた。彼女はこの前9月の入院の時の担当看護師だっ
たのだ。彼女の懐かしい声を聞いてなんだかほっとした。

いきなりの入院だったから、何の準備もしていなかった。パジャマからスリッパ湯呑
などないものだらけだ。勿論、パソコンなど持ってきていない。家内が帰宅してまた
衣類や洗面道具などを持ってきたのだが、実は家内は7日の月曜日からタイのバンコ
クやチェンマイに8日間スケッチ旅行に行く予定だった。さすがに、私がこの状態で
は行かれない。キャンセルするにも、土曜日なので相手が休みだ。

それよりも、今朝もテープでタイ語まで勉強していたし、スケッチの練習までしてい
た姿を見ていたから、私はなんとも申し訳ない気持ちでいっぱいだ。

＊Shigemi：大事にならないで良かったです。同窓会で先生のことを報告したら
皆本当に心配していました。副院長さんの教え通り、足首や膝や股関節の曲げ伸

回生晏語　——————　149

ばしを忘れず、前向きな気持ちで療養してください。

＊邱羞爾：君の写真はうれしいけれど、名前を入れてくれないと、もう誰が誰やらわからない。

＊Shigemi：今年は卒業生50名と新穂先生の51名参加でした。比較的常連さん？が多いですが、珍しい人では矢作君と内海君が来てました。2人はアップで撮っておきましたので探してください(^-^)。

＊ゆり：先生！！寒くなってきたので、暖かくして、早く元気になってくださいねっ！！！

＊邱羞爾：ゆりさん、ありがとう！すっかりダメになりました。ゆりさんの励ましに頑張ります。

＊三由紀：ご快癒お祈りしております。リアルな描写に手にあせにぎりました。

＊邱羞爾：三由紀さん、ありがとうございます。まだ生きて頑張っております。先生は山西からお帰り後、いかがお過ごしですか？ご主人のご活躍は新聞で拝見しております。

＊純恵：救急車でそのまま入院とは大変だったのですね。
どこが痛くても辛くて気分が滅入りますが、じっくり養生して下さい。

＊邱羞爾：純恵さん、ありがとうございます。純恵さんみたいにたとえ京都でもあちこち飛び回りたいです。

＊虞 萍：一日も早いご回復を心からお祈り申し上げます。

＊邱羞爾：虞萍さん、ありがとう。あなたはお元気ですか？

＊虞 萍：先生、お陰様で私は元気です。仕事などの関係で、今回の冰心国際シン

ポジウムに行けなくてとても残念ですが、また研究して、研究会などで発表したいと考えております。先生はあまり疲れないように、ごゆっくりお休みくださいませ。

＊芳恵：「先生、お加減があまり良くないようだね…」と金曜日に妹と話していたのです。早めに処置ができたので、良かったです。無理なさらないように、お過ごしください。

＊邱羞爾：芳恵さん、ありがとうございます。あなたの活躍をFBで見ていますよ。

＊浩一：大事に至らなくて良かったです。　くれぐれもご自愛下さい。

＊邱羞爾：浩一君、僕はこの夏からずっと調子が悪かったのだ。大事にしているのにねぇ。君は順調にやっていますか？

＊ノッチャン：先生、金森君から聞いてビックリしました。facebookはしないつもりでずっときていましたが、慌てて登録してコメントを書いています。
ですが、先生がこんなに詳細にご自身のことを書いておられるのをみて、安心しました！
同窓会でお目にかかれなかったのはとても残念でしたが、来年はきっと大丈夫ですよね。
また、一応の区切となった第四号の記念誌もお送りしますので、読んで下さい。
150頁もある大作なんです。
では、では❣　また連絡しますね。　慌てたノッチャンでした。

＊邱羞爾：ノッチャン、ありがとう。ノッチャンに会えなくてとても残念。元気にやっていますか？『記念誌』を楽しみにしていましょう。

＊幽苑：先生大変な経験でしたね。昔、私の父が掛かり付けの先生に受診した日に、帰宅後どうも様子がおかしいので救急車を呼びました。大学病院に運ばれ、肺炎の診断で即入院したことがありました。父の主治医とは違い、森下先生の見立てと処置は素晴らしいですね。

回生晏語 ————— 151

一日も早いご回復をお祈り致します。

＊邱羞爾：幽苑さんはいろんな経験をしているのですね。ありがとうございます。今はとにかく、落ち着きましたが、咳と血痰は相変わらず出ています。

＊幽苑：父が良く入院しましたので、顔色を見ただけで父の具合が分かるようになっていました。
このところ先生の身体の抵抗力が低下していた為に、肺炎にかかられたと推察します。
咳、血痰は辛いものです。早く軽減されますようにお祈り致します。

＊Yumiko：少なからずショックを受けております。大変だったのですね。とてもとても心配です。でも、一日も早く復活されることをただひたすら祈っております。先に一人でなんて行きませんよ、先生！必ずおともさせていただきます！病人２人でよたよたでも絶対見に行きましょうね！

＊邱羞爾：イーティン、ありがとう！頑張ります！

＊ウッチャン：先生、この際、ゆっくりと治して下さい。気長にやりましょう。広東からお見舞い申し上げます。どうか、焦らずに。

＊邱羞爾：先生、恐縮です。お忙しい学会の途中なのに！焦らないように心しますが、体力と同時に、気力も衰えがちです。

＊真宇：先生大丈夫ですか？　早く元気になってくださいね！

＊邱羞爾：元気なマウがこの頃更新していないから、どうしたのかなぁと思っていたよ。お見舞い、ありがとう！

＊礼治：先生、一刻も早く回復されるよう祈っております。天津からお見舞い申し上げます。

＊邱羞爾：礼治君、ありがとう。天津からとは恐れ入った。君は元気に飛び回っているねぇ。うれしいことです。

＊篤子：邱羞爾さん、入院されたと知って驚きました。ゆっくり静養なさってください。

＊邱羞爾：篤子さん、ありがとう。あなたのグランドサークル行きはどうなりましたか？

＊Yoshie：先生、昭和48年附高卒業生の好恵です。先日同窓会で、金森君から先生のメッセージを聞いたところだったので、びっくりしています。どうぞゆっくりと静養なさってください。

＊邱羞爾：好恵さん、ありがとう。5日に行けなくて申し訳ありませんでした。好恵さんは、相変わらず元気で活躍しているようでうれしいです。

＊Yoshie：先生、私は主人と近いうちに、インドネシアに潜りに行く予定です。海や魚の写真、投稿しますので見て下さい。

＊Akiho：先生ご無沙汰しております。衣です。早くお元気になられることを願っています。

＊邱羞爾：ありがとう！君の可愛い息子さんも、もう2歳になるのですね？時の経つのは早いものですね。

＊デイノ：先生、附高48年卒のデイノ（井上）です。金森君から同窓会で先生のお話を伺いました。日頃の不義理をお許し下さい。元気そうでいらっしゃるので、少し安心しました、私事で恐縮ですが、まだ体が元気なうちに、やりたいことをやろうと、来年から夜間の大学院で経済学の勉強をすることにしました。先生も御体は十分労ってくださり、何時までも私たちの先生でいらして下さい。それと、おそまきながら、友達申請をさせて頂きました。宜しくお願い致します。

回生晏語————— 153

＊邱羞爾：デイノ君、同窓会では失礼しました。残念です。君はまだ元気なうちに頑張るそうで、感心しました。経済学とは、いよいよ社会の本質を探るつもりですね。頑張ってください。君の文章の続きを待っています。

＊デイノ：有り難うごさいます。

＊Akira：何かあったら言ってください。飛んでいきます！掃除洗濯モノ運びなんでもします。
寒くなってきたので、気を付けてくださいね。

＊邱羞爾：Akira君、やぁ、頼りにしているよ！そこまでいかないように頑張っているぜ。よろしく！

・2度目

(2016.11.07)

2度目の同じ病棟への入院だ。もちろん、すき好んでの入院ではない。

前回と違って、酸素吸入の管なんぞを鼻に差し込んで行動の自由が制限されると、いかにも病人らしくなる。確かに病人なんだ。救急車で搬送されるくらいなのだから。しかし、命に関するところまで行っていないし、大手術をしたわけでもないので、まだ幸せな患者と言える。それでも、Ｘ線を撮るときや呼吸器内科まで診断してもらうときには、車いすでの移動だ。

本人の病状は、咳が出て、とにかく「しんどい」。今日は一時的かどうか血痰が少なくなった。それでも、写真に影が見えるというわけで、9日（水）に気管支鏡検査をやっとすることになった。この先生は最初から写真を見ては「大したことない」というばかりの先生なのだが、やっと動いてくれた。そうなると却って、こちらが心配というか怖くなる。心臓に関する肺のことだから、いくら確率的に何百分の1で大丈夫だと言われても、不安は残る。でも、患者としては「屠所の羊」「俎板の鯉」の心境で、ことがスムーズに行くよう協力するしかない。少なくとも私はそう思っている。

食事だってそうだ。1日6グラムの食塩しか使わない3食は、うまいとは言えない。とりわけ今回の入院での食事は、口や唇が腫れているせいか、特にうまくないと感じる。でも、うまいんだと言い聞かせて無理に全部食べている。食べなくなったら終わりだといつも思っている。本当に体調が悪くなると、本当に食べられなくなる。おかずがどうだとか味がどうだなどと、そんなことを言ってはいられなくなる。

2度目の入院だから、そう感ずるのかもしれないが、どうも看護師のスタッフが少なくなっているような気がする。1度目の時に経験した、時間通りの体温や血圧の検診や、「後でまた持ってきます」などということが、どうも遅れるというかおろそかになっている。多分人手不足なのであろう。だから負担が多くなっているのだろう。

病院の内情を知ることよりも、病院通になるよりも、病人の一番やるべきことは退院することだ。今回は前回よりもかなり体が「しんどい」。

PCなどをいじっているどころではない。

*やまぶん：仕事に屈託が多くなると、なぜか、ふと先生のブログを読みたくなるのですが（天涼以来ずっとです。辛棄疾の詩のせいかもしれません）、今日も今日とて、体より心が疲れた感じがして、ふとブログをのぞいてびっくり。救急車とは穏やかではありませんね。どうぞ、本当に、くれぐれもお大事に。何かできるわけではありませんが、遠くから精一杯の応援の気持ちを込めて。

*邱羞爾：やまぶんさんの友情にとても感謝です。紅葉の京都の秋を気障に嘯いたりしていればよいものを、思いがけない事態に陥りました。幸い、微かにまだ気力が残っているので「情」を感じることができます。ありがとうございます。

*ドライフラワー：先生、びっくりしました。先のご入院のことも知らず、同学年の幹事メンバーも驚いて、自宅療養の先生にメールお見舞いを集めていたところでした。このご入院を知らずに書いてしまっていたので、少し言葉にへんなところがありますが、許してくださいね。綺麗に病室で見れるようにして、ご自宅に送らせていただきます。あすには、発送しますね。どうぞお大事に。

*ガマさん：先生　おはようございます。

同窓会でお目にかかれるかと思っていたら、体調が悪いと伺い、今度は入院されたとのこと。

びっくりしました。

でも、ブログ更新で、少し安心しました。

お医者様のおっしゃることは聞いていただきたいですが、自分のことは自分がよくわかるという気もしますので、先生のなさろうと思われることを範囲内で。

奥様を心配させちゃダメですよ。

私は、同窓会に出席はしたのですが、奈良を探索する余裕もなく、帰ってしまいました。今年は、そんな自分に嫌気がさし、来年は、もう少し余裕を持ちたいと思った次第です。

この時間も天の采配、次のブログ更新を待っています。

＊邱羞爾：コメントをありがとう。お久しぶりで、5日にガマさんにも会いたかったのに、残念です。しばらくご無沙汰していますが、ガマさんの方は元気にしていますか？ 私は今夏以来ずっと体調が悪く、とうとう2度の入院となってしまいました。じっくり治すほかないようですが、それがなかなかつらいです。「余裕」を持つにも体力気力がいりますからね。お金と時間のことは別にしても……。

＊邱羞爾：コメントをありがとう。5日は本当にみんなに申し訳ないことをしました。じっくり治療に専念することにします。クマコさんともお久しぶりですね。元気でやっていますか？

＊クマコ：先生、ご無沙汰ばかりで申し訳ありません。思い通りにいかなくて心が憂うこともあるにはあるのですが、基本、なるようにしかならないさ～～の能天気なタイプなので元気に過ごしています。　でも物忘れがひどくなって、顔は浮かぶのに名前が出てこない現象と日々戦っています。

＊邱羞爾：クマコさん、「思い通りにいかない」ことなどたくさんあります。「名前が出てこない」ことなどしょっちゅうですね。どれもそんなに深刻に考えることなどありません。肉体的に衰えていることを自覚させられることの方が、ずっと深刻です。やはり、体を鍛えておいてください。

＊邱羞爾：ドライフラワーさん、今日やっと送ってくださった「励まし」を手にしました。ありがとう！手の込んだ「励まし」に、感激のあまり涙が出そうになりました。

君たちと過ごしたたった1年半ほどの時間が、こんな貴重な「励まし」となって帰って来るなんて、私はとても幸せな気分になりました。心からありがとうと言います。あなたの言うような笑顔にはなかなかなれそうにありませんが……。

facebook

(2016.11.12)

一週間

今日12日で入院一週間になる。当然、急性肺炎は良くなった。

ご心配をおかけした皆さんに、お礼申し上げます。

医者は、後は通院でも構わないようなことを言ってくれるが、私の方から断った。前回もほぼよくなったので退院したのだ。でも、咳と血痰が少し残っていた。今回も、咳と血痰がまだ出る。これが完治しないうちに退院して同じことの繰り返しになることを恐れるからだ。

ただ、どうもお医者さんの話では完治は難しそうだ。咳など残るものだという対応だ。こちらもいつまでもベッドにいるわけにはいかないからどこまで入院していられるかわからないが、もう少し咳が収まるまで粘って居よう。

 少し元気が出てくれば、却って夜が寝られない。いろいろ不便なことが多いし、不義理なことも多いが、病人なんだから仕方がない。

ともあれ、皆さんにお礼申し上げる。

 ＊Shigemi：良かったです。歩くリハビリも頑張ってください‼

 ＊ノッチャン：もし、病院が許すなら、出来るだけそこでリハビリも含めて頑張って下さい。先生が退院して通われるのも、奥様が色々お世話されるのも大変でしょうから。先生の元気な姿を拝見できるのを楽しみにしています。

 ＊邱羞爾：ノッチャン、ありがとうね。『「私」に捧げる記念誌を』第4号を受け取りました。ありがとう。ノッチャンがやはり頑張ったのですね。良い記念です。まだ読むのが辛いけれど、みんなが立派な文章を書いていますね。感心します。

 ＊ノッチャン：先生、友達承認ありがとうございます❣ 記念誌については今回は十分な編集作業が出来ていません。他のメンバーや投稿者の皆さんの協力で成立したんです。有難かったです。

 ＊ノッチャン：あっ、そうそう、特集記事をまずは読んでみて下さい。ちょっと面白いですよ。

回生晏語　　　　　157

＊純子：とにかくゆっくりとご静養ください。でも少しでも良くなられて、本当によかったです。

＊邱羞爾：ありがとう。なかなか「ゆっくり」としていられないのです。昨夜も夜ちっとも寝られなかった。

・facebook. (2016.11.14)

冰心からのボーナス

牧野氏が冰心の学会に参加して、私の「前回までの論文」の原稿料を預かってきた。彼女は日本円に換算して現金書留で送って来てくれたのだが、びっくりした。
「前回までの論文」というのがよくわからないし、お金などもらう筋ではないなどと、あまり四の五の言わずに、素直にもらうことにした。年金生活者には、思いがけないボーナスをいただいたようなものだ。きっと、私の情けない現状を、天国のどこからか冰心は見ていて、元気を出せよとくれたのかもしれない。こう勝手に解釈していただこう。
本来なら、このお金でおいしいものをたくさん食べて栄養を付けて元気を出せばよいのだが、おいしいものには塩分が多いので、日に６グラムの制限がある以上、また、出歩くにはまだ十分な体力ではないから、おとなしく、感謝の気持ちを抱いてベッドで養生していよう。

＊三由紀：順調に回復に向かわれているご様子、安堵致しました。以前、先生が東方にお書きになった冰心論に感銘を受けたこと、思い出しました。私の方は、連日書類書きと書類整理に追われております。12月には、当代文学研究会の今年度版が仕上がります。久保さんはじめ、奮闘して下さっています。

＊邱羞爾：三由紀先生、ありがとうございます。先生のコメントはとても私の励みになります。東方の冰心論なんて、今の私はどんなものだったか忘れてしまっているのですが、何か１つでも刺激を与えることができたのなら、私はとてもうれしいです。そう言えば、私も何か先生のお書きになったもので、よくやっているなぁ、すごいなぁと感じた『当代文学研究会報』の文章がありました。今は、題名を思い出せませんが……。

＊Akira：仕方なしに先生の代わりに食べてあげます

＊邱羞爾：あっハハッ、そりゃ嬉しい。でも代金は君持ちだぞ！

＊Akira：哎呀妈哟

＊邱羞爾：是当然的！

・**宝物**　　　　　　　　　　　　　　　　　　　　　　　　　　　(2016.11.14)

私は教師歴40年余になる。中学、高校、大学と、非常勤も数に入れれば50年近くなる。この間、私は何をしたのだろうと顧みることがある。教師としての信念も理念もろくに持たないまま、ただまんべんなく当時の生徒と過ごしてきたにすぎないから、今となると心中慙愧たるものがある。しかし、それをグジグジとつぶやいていても、いつまでも私の気が晴れぬのだが、それどころか当時の生徒にも大変失礼であろう。

ただ、言いたいことは、このように大したことをした男でないのに、このたびの入院では、なんとこんな私を心配して気にかけ、メールやらブログのコメントやらフェイスブックやら、寄せ書きまで送ってくれた。すでにみんな還暦を超えたり、還暦に近づいている大の大人が、まるで小学生のように「励まし」を送ってくれたのだ。

たとえば私は、きれいに表装した瀟洒な「寄せ書き」の14人の顔を、今はっきりと思い浮かべることは出来ないのだが、その文章から、はるか以前に共に過ごした時間の「ぬくもり」を微かに感じることが出来るのだ。これこそ、宝物だ。

ろくに社会的貢献などもしたことなく、立派な業績などもない私だが、こんな素晴らしい宝物を持つ男として、いささかなりとも胸を張ってこれからも生きていけそうだ。

・**facebook.**　　　　　　　　　　　　　　　　　　　　　　　　(2016.11.18)

お願い

そろそろ退院しても良い時期になった。うれしいことに検査の数値が下がってきたからだ。でも、わずかに出る咳が心配で、まだグズグズしている。

病院生活をしているうちにもう、11月も半ばを超えた。かなりFBやブログの文章がたまったので、また、まとめて本にしたいと思った。そこで、今また、コメントや書き込みをしてくださった方に許可を求め、お願いする。いわゆる著作権などは放棄してくださいと。何も大げさに言うほどのこともないのであろうけれど、けじめはけじ

回生晏語 ──────── 159

めとしてお断りする。もしご異議があれば、どうぞご遠慮なく申し出てください。

ここに書いたものは、今から見れば中には恥ずかしいものもあるけれど、そしてそういうものは抹消したいと思うけれど、なんといっても貴重な証（あかし）なのだ。その時その時の意識興奮反応というものこそ、私は生きている証と思うから、残しておきたい。文章というものはそういうものではないか？自分の書いたものに価値を認めるかどうかは、書いた本人の判断ではない異次元のところにあるものなのだ。だからこそ文章が時を超え、層を超えて力を持つことがあるのだろう。

いずれにせよ、皆さんにご報告とお願いだ。よろしくお願いいたします。

・**facebook.**　　　　　　　　　　　　　　　　　　　　　　(2016.11.20)
退院
昨日退院しました。

皆さんに、ご心配をおかけしたこと、お礼申し上げます。

ただまだ、体が落ち着かないのと安定しないので、当分静かにしているつもりです。散歩にもまだ出ていません。昨夜は、シャワーではなく湯船に体が浸かえたので、気分が良かった。

＊Yoshie：先生、退院おめでとうございます。暖かい日にお散歩を再開できるようになればいいですね！ご無理なさいませんように。私は今朝、インドネシアのダイビングから帰ってきました。また、写真等UPしますので、見ていただけたらうれしいです。

＊邱羞爾：そうか、君は今朝帰国したのか？ずいぶん長くいたのだね。写真楽しみに待っていますよ。

＊Yoshie：今回は、10日間の旅でした。バリ島から2回飛行機を乗り継いだ島で、あまり人間に荒らされていない海を楽しんできました。

＊良史：退院、おめでとうございます。無理せず、養生をお続け下さい。良くなると、つい調子にのりたくなります。それで、私も痛い目にあいました。私も、吉井（中村）さんのように、綺麗な大自然の写真等アップしたいものです。

＊邱羞爾：ありがとう。君は随分難しいことをＦＢに書いているなぁ。感心しました。

＊良史：この10年近くは、ずっと経済に関する調査研究をやって来ましたのて、小難しいことを言うようになってしまいました。

＊邱羞爾：論を捏ね上げるのは良いことだ。感心します。もっとも税金の値上げには必ずしも賛成ではないがね。

＊幽苑：退院おめでとうございます。ご自宅のお風呂が一番落ち着きゆったりとした気持ちになられたと思います。これからも無理をされませんように。

＊邱羞爾：ありがとうございます。当分静かにするつもりですが、明日も病院に行かねばなりません。

＊ノッチャン：先生、退院おめでとうございます❣ 先生が、不平も含めて色んなことに色々な考えを書かれるのを読んで、まだまだ大丈夫「元気だ！若い！」と思っています。雨があがって寒くなりそうですから、お身体お厭いください。

＊邱羞爾：ノッチャン、ありがとう。この頃はあまり不平も言わなくなったのです。あまり「若く」はなくなったのかもしれません。ノッチャンの励ましを肝に命じましょう。

＊ Tamon：お大事に！！

＊邱羞爾：ありがとうございます。

＊ Akira：ご退院おめでとうございます。やっぱ湯船に浸かるのは最高ですね、冬になると銭湯に行きたくなります。お体に気を付けてください。 どうでもいいことですか、ご退院おめでとうございますって中国語の表現に無いですよね。

＊邱羞爾：ありがとう！我が家の湯舟は狭いので足を延ばすことが出来なかった

Ⅱ 2016年

けれど、やはり湯船につかるのは気持ちよい。そうか、「退院おめでとう」は中国語では言い難いのか。「祝ni出院」では意味が通じないのか？「祝ni恢復健康」とでもいうのだろうか？

＊Akira：日本の家で足が延ばせる湯船ってなかなかないですよね。自分は巨人なので尚更ないです。「祝ni出院」「祝ni恢復健康」という言葉を先ほど会社の中国人社員に聞きましたが、変な表現らしいです。一般的にその様な表現がないとのこと。「恭喜」や「祝」は出産や結婚など、いい出来事の場合使うらしいです。あと、かなりどうでもいい言ですが、和洋折衷という言葉もないみたいです。

＊邱羞爾：ありがとう。YuanMing便り3をブログにアップしました。

2人目(3歳)と3人目(3か月)の孫

ブログ「Munch3」
http://53925125.at.webry.info/

あとがき

　今年の夏は暑かった。秋になっても暑いと言っていいくらいの日もあれば、急に寒くなったりした。要するに天候不順なのである。だから、私の体もフイとよく感じられたり、悪くなったりした。不順なのである。

　よく考えれば、順調な天候だとか、体調などはほとんどないと言ってよいだろう。そういう時の流れとして人は生きているのだ。

　それにしても 2016 年は劇的であったかもしれない。そのことは、この冊子の後半を見てくだされば、おわかりいただけよう。それでも、私は一人で食べ排泄し動いている。いわゆる寝たきりの状態で、人様に介護されてはまだいない。こう思うと、まだまだ頑張らなくてはと思う。皆様の温かい励ましに本当に感謝している。私の人生もそんなに無駄ではなかったのだと思えるからだ。過去とは、人生とは、そう思うことに意義があるのだろう。人は死ぬとき「ありがとう」などと言って死ぬのではない。黙って息を引き取ってしまうのだと読んだことがある。私はまだ、「ありがとう」と皆さんに言える。まだまだ！

　この本の出版には、いつものように三恵社の木全社長のお世話になった。この売れない本にもう随分とかかわってくださっている。心よりお礼申し上げる。

　　2016 年 11 月 24 日

萩野脩二

私のブログのアドレス：
http://53925125.at.webry.info/

『TianLiang シリーズ』

　私の『回生晏語』を、『TianLiang シリーズ』№ 16 として出す。このシリーズは三恵社から出ているので、購入は三恵社に連絡してほしい。

　なお、№ 1 から№ 5 までは CD であり、№ 6 から№ 15 までは本である。

№ 1	『中国西北部の旅』	中屋信彦著
№ 2	『オオカミの話』	池莉、劉思著、奥村佳代子訳
№ 3	『へめへめ日記』	牧野格子著
№ 4	『池莉：作品の紹介』	武本慶一、君澤敦子、児玉美知子
		氷野善寛、劉燕共著
№ 5	『林方の中国語 E メール』	四方美智子著・朗読
№ 6	『上海借家生活顛末』	児玉美知子著
№ 7	『沈従文と家族たちの手紙』	沈従文など著、山田多佳子訳・解説
		萩野脩二監修
№ 8	『藍天の中国・香港・台湾　映画散策』	瀬邊啓子著
№ 9	『探花囈語』	萩野脩二著
№ 10	『交流絮語』	萩野脩二著
№ 11	『古稀贅語』	萩野脩二著
№ 12	『蘇生雅語』	萩野脩二著
№ 13	『平生低語』	萩野脩二著
№ 14	『遊生放語』	萩野脩二著
№ 15	『幸生凡語』	萩野脩二著

〈著者紹介〉

萩野　脩二（はぎの　しゅうじ）

1941年4月、東京都生まれ。70年3月、京都大学大学院博士課程単位習得退学。

1991年4月より関西大学文学部教授。2012年4月より関西大学名誉教授。

専攻：中国近代・現代文学。

主著に、『中国"新時期文学"論考』（関西大学出版部、95年）、『増訂　中国文学の改革開放』（朋友書店、03年）、『探花嚶語』（三恵社、09年）、『謝冰心の研究』（朋友書店、09年）、『探花嚶語』（三恵社、09年）、『謝冰心の研究』（朋友書店、09年）、『中国現代文学論考』（関西大学出版部、10年）、『交流絮語』（三恵社、11年）、『古稀贅語』（三恵社、12年）、『蘇生雅語』（三恵社、13年）、『平生低語』（三恵社、14年）、『遊生放語』（三恵社、15年）、『幸生凡語』（三恵社、16年）など。

共編著に、『中国文学最新事情』（サイマル出版会、87年）、『原典中国現代史　第5巻　思想・文学』（岩波書店、94年）、『天涼』第1巻〜第10巻（三恵社、01年〜07年）など。

共訳に、『閑適のうた』（中公新書、90年）、『消された国家主席　劉少奇』（NHK出版、02年）、『家族への手紙』（関西大学出版部、08年）、『沈従文の家族との手紙』（三恵社、10年）、『追憶の文化大革命——咸寧五七幹部学校の文化人』上下（朋友書店、13年、電子ブック＝ボイジャー、14年）など。

回生晏語

2017年1月1日　　初版発行

著　者　　**萩野　脩二**

定価（本体価格2,300円＋税）

発行所　　株式会社　三恵社

〒462-0056 愛知県名古屋市北区中丸町2-24-1
TEL 052（915）5211
FAX 052（915）5019
URL http://www.sankeisha.com

乱丁・落丁の場合はお取替えいたします。
ISBN978-4-86487-612-4 C3098 ¥2300E